滄海叢刊

青囊夜燈

許振江著

1980

東大圖書公司印行

中華民國六十九年十月初版

青囊夜燈

基本定價叁元貳角貳分

著作者　許　振　江
發行人　莊　剛　彰
出版者　東大圖書有限公司
總經銷　三民書局股份有限公司
印刷所　東大圖書有限公司
臺北市重慶南路一段六十一號二樓
郵政劃撥一〇七一七五號

行政院新聞局登記證局版臺業字第〇一九七號

青囊夜燈 目次

盜月薪的賊

林英一還沒騎到工廠大門，一顆害怕遲到而蹦跳的心便鬆懈下來了；遠遠的，他已經看到了大門前成羣圍簇的工人三五個聚在一塊兒聊天，或抽烟，或比手劃脚。

工人們非等時間到了，是絕不會提早進廠的，寧可早到了一、二十分鐘，然後聚在一塊，毫無目的的閒聊；也不願早點進廠去。剛來上班時，曾很詫異的問：「你們爲什麼不進去呢？」沒想到其中一人瞪大眼：「咦？時間還沒到啊，你管我們？！」

這個人怎麼這樣魯莽？我是一片好心啊！當時火惱得很，沒想到隔不到幾個月，自己也會變成如此，非拖到最後幾分鐘，才這樣死趕活趕的，總算沒遲到，僥倖！

騎過工人們時，較相熟的幾個，揚著手，喊道：

「小林啊！昨晚又到那兒去『爽』了？快遲到了呢！」

「小林啊！晚上下班去喝一杯。」

林英一胡亂揮了下手，停好車，急忙趕到打卡鐘前，直聽到「卡」的一聲，才伸手拭了拭汗。好險！看到卡片上一排藍色，他滿意地笑了笑。

工人們尾隨著進來打卡，爭先恐後地一陣凌亂。他把卡片插好，才笑著跟工人們打招呼。直到他們的背影消失在廠房之間，他才慢慢地巡視那些卡片，剛隨手抽出第一張，就聽到廠裏交換班的電鈴聲大作。

換班的工人陸續從各廠房走出來，有的疲態顯露，掩不住那份夜班的睏倦，年輕點的較活潑，精神還很飽滿，眉臉間有着完工的喜悅。他看了直搖頭，不懂這些人熬了一整晚的工作，還能這麼活力旺盛的？

有的就不是這樣了，值夜班時，會逮到幾個打瞌睡的，他總是輕輕搖醒他們。會打瞌睡的總是那幾個，他也曾私下問過領班，領班笑着說：

「他們太累了，白天要到田裏工作，又輪夜班，當然忍不住了。」

「白天種田？那長時間下來，怎麼受得了？又如果輪到日班呢？」

「農忙時，比較忙點，平常是沒問題，工廠附近的田，大部份都是他們種的。他們儘量配合他們的忙或閒。有時，一段長時間，他們都是做夜班。」

「公司不是規定一星期輪流嗎？」

「是啊！他們自願跟別人調，總可以吧！不過話說同來。」領班突然降低聲音：「也只有你值班，我們才比較輕鬆，換個別人才不會呢，尤其那個總務鍾的，幹伊娘！每次抓到人打瞌睡都說要記過開除什麼的。」咬牙切齒！

乍聽，心裏蠻喜悅的，再細一尋思，媽的，這要被老板知道，我這頭路豈不也要飛掉了？淡淡地：

「他這樣才會得到公司的賞識哩！」

「放屁！伊在妄想！」

不過，工人們倒是真的喜歡跟他嘻嘻哈哈，有時勾肩搭背的，真沒個樣子，總務鍾先生一看到，馬上就皺起眉頭。私底下也告訴過他，他攤了攤手，顯出一幅無可奈何的神態。幾次後，鍾先生就不再跟他講了，大概是認爲他無可救藥吧！

下班的工人在打卡時，他翻了翻手上抽出來的卡片，竟然是鍾先生的，一排藍汪汪的從不遲到早退的數字，似乎很囂張的展現着；你看！我多麼遵守公司的規定啊！

心裏一火，狠狠的挿回卡座。

一進到辦公室，才灑掃過的地板十分爽冽，心胸乍然清涼起來。偌大的房間只有一個人坐在桌前，不用細辨，一眼便看清了那人是誰，咦？他這麼早來搞啥？職員和工人不同，是可以晚半個鐘頭上班的。

坐着的鍾先生乍聽到有人的聲音，不禁一驚。抬頭看見是他，笑得很甜，然後又轉頭回去。

林英一對這笑容，像平常一樣的感到詫異，這偌大年紀的人，怎麼能夠笑得這樣？彷彿他把整個心胸全掏了出來給你看一樣。剛看還不覺得怎樣，看多了反而會起鷄皮疙瘩，就像月曆上的人的笑容。死死的，硬繃繃的。

他在幹啥？走近了，才知道他在看報紙，難怪他會聽到人聲就緊張。看報就看報嘛！何必？哼！打心眼兒裏就看不慣這種人。

把會計表册拿出來，略微看了下，其他的職員陸續進來，尤其幾個女的嘰嘰喳喳，儘在談著衣料啦，電影啦，化粧品啦。談得人心煩，林英一乾脆提前去巡看工廠。

進入公司這幾個月，一直搞不清楚自己到底算是什麼職務？倉庫管理插一手，出納發薪水時，也幫著數鈔票，巡視工廠，幫忙出貨，甚至於勞工保險都有他的份。

或許就是王常務董事賣老爸一個面子，才能進來的吧！事實上，可能是多餘的。有時想想，真該換家工廠。老爸一聽，却又是一番道理，現在社會上的工作不好找哩，就先窩在那兒，騎著馬找馬，總比乾耗在家裏才找工作，來得愜意些。

不過，他總是儘量把作息跟工人配合，把自己當做是個工人，這一來，對於某些工人的喜怒哀樂。反而更能貼切的感受到。工人們對他也比較有話說，或多或少，反映了不少的意見上去。

還沒有走進第一廠房，領班老楊出來了，迎頭便說：

「小林，你來發薪水啊？」

「沒有哇！那有這麼早的？」攤開了雙手：「不信你看，我雙手空空。」

「不是發薪水，那你來幹什麼？同去！同去！」

「笑話，我來巡視，看你有沒有偷懶？」

老楊揚起拳頭，他一笑，便閃開了。

第二、三廠，碰到的或是領班或是工人，都是在問發薪之事。

第三廠的老領班更有意思，煞有介事的說：

「喂！小林啊，那薪水會不會被人家搶走了呢？全廠的薪水合起來也不少哦！」

林英一聽後，皺著眉頭：

「不會吧？是王常董本身駕駛轎車去銀行，應該很安全才是。」

那老領班口沫橫飛地：

「難說，現時的人真奸雄，有可能用刀槍脅迫也不定哩！」

林英一覺得興味地瞧著他白髮蒼皤的臉，工人們告訴過他，那老領班原本有家小工廠，被人倒了，才到這廠來屈個領班職位。對他講話，或交待事情，免不了客氣些。不過，受到過這樣創傷的老人，一說起話來；就對現時的人，有著滿滿的一腔忿恨不平。

正在考慮該怎樣來同答；老領班突指著遠處：「啊！鍾先生來了，我來問伊，伊可能較知道。」

一聽到是他來了，林英一便不答話，掉頭就走。繞從工廠的另一條路，回到辦公室。

會計楊小姐看到他進來，嬌嗔地說：「林先生，你上那兒去了？我可急死了囉。」

「緊張什麼。」他咧了咧嘴。

「你不緊張，我可緊張死了，快九點半了，錢還沒領來，怕到時候，來不及算好哩。」

「啊喲，上次不也是快十點半才拿來，來得及的，小姐！」

「反正我不管，你要幫我算就是了！」

「好啦！好啦！」

楊小姐每隔一、二十分鐘便纏著他嘀咕一遍。都快被煩死了，錢還沒領來？奇怪，直到小妹阿珠從小鎮郵局領回來信件，還是沒看到。楊小姐掛了個電話給王常董，據他家人說，一大早便出來了！這可怪了，到底會去那裏呢？弄得許廠長也有點焦躁，頻頻走進走出。總務鍾先生進來坐不到五分鐘又出去了，幾封信擺在他桌上不動。

小妹阿珠突然對他說：

「林先生，有件事情很奇怪哩！」

「又有什麼奇怪的事？今兒真箇邪門。」

阿珠從鍾先生桌上的信中，抽出一封來遞給他，他一瞥之下，馬上被信封上碩大的紅字嚇了一大跳。

「林先生，你看這個人真不懂禮貌，怎麼可以用紅筆寫信呢？尤其寫鍾先生的名姓，最糟糕！」

那用粗大硃筆寫的字，異常歪扭，不同常人所寫的。字劃騰挪，林英一聯想到廟裏祈神的符咒上的咒文。彎彎轉轉出神秘縹緲似地不可捉摸。

「噓！他來了。」阿珠突然噓了一聲。

他趕緊把信放下。

鍾先生鐵青着一張臉進來，可能又有工人給他氣受了？悶聲不響地坐下，翻閱那堆信。

起先的表情還不怎樣難看，直到他拿起那封紅字信，林英一覺得他的臉像是突被雷電襲擊似的，在鐵青中更露出一股淒惶的神色。待他把信紙抽出看過後，那臉變得異常猙獰，雙目圓瞪，鼻翼煽動，緊咬着牙，牙縫中發出嘶嘶的聲音。

林英一被這突變驚懾住。楊小姐却已嚇得尖叫一聲：「鍾先生，鍾先生，你怎麼了？你？」

小妹阿珠也嚇得怔在一旁。

鍾先生突地唬一聲站起來，然後全身像篩米似的發顫起來，接着猙獰的神情沒有了，代之而起的是一股非常哀愁傷心的蒼衰。就像風中之燭的搖搖欲滅。

林英一突然很想過去，扶住他，安慰他。

廠長也看到了這情景，問著：

「鍾先生，什麼事啊？」

起先搖搖頭，不發一言，然後閉上眼，長長吁了口氣。像是在平抑心頭的洶湧。好一會兒，才幽幽地說：

「這時代，好人難做哪。……」

廠長似乎怔了一下，又問：

「到底怎麼回事！」

鍾先生轉身過去，遞上那封信，那姿態之卑屈，使得林英一不禁心裏一動，這姿態好熟哪？哦！這不就是電影裏那種向官府遞寃狀的形像嘛？果然，鍾先生的音調就充滿了寃抑難伸的淒楚；寃枉啊！

「廠長，不是我自己說，我是很努力工作的。一切的一切，都是爲公司，都是爲工廠，我那個時候不是在爲著節省，爲了工作效率的提高，才不惜去當黑臉，啊——啊——我這樣到底是爲了啥？好了，現在報應來了。廠長，你說說看。啊。」

聽到他這一番自我表白，林英一覺得剛才那股同情心，漸漸消失了。

廠長皺著眉看完那封信，遞還給鍾先生，他却順手再拿給別人傳閱。

林英一接到時，本來是不想看，轉而想看看也無妨。信文也是用紅筆寫的，一大張信紙塗得滿滿的，全部都是用最難堪的字眼辱罵著，甚而最最下流到不堪入目的詞語都有；但是不論語氣用字都可以看出執筆的人程度不高，大概是工人們寫的，其中有一段令林英一非常感到興味的。

「你不要以爲你是高高在上的總務課長，待遇很好，工作努力，根本你就在騙老板，不要認爲我們都是低下的工人，告訴你，我們是靠流汗賺錢，而且你是靠『欺』『騙』賺錢，欺侮我們，瞞騙老板。上班看報紙喝茶，老板來了才收起來。你哦！你比猪不如，你根本就是賊仔，沒工作光知道領月薪，騙薪水的賊仔。」

廠長淡淡的安慰著鍾先生，勸他不要那麼激動，去想辦法查看看到底是誰寫的？

這真是一語提醒夢中人，鍾先生又變得咬牙切齒地，聲稱抓到那個人要如何如何嚴辦。

林英一不禁暗笑，那封信根本就是用左手摹寫的，如何查得出來？

鍾先生却興緻勃勃地翻閱所有工人的資料，想從其中找出辱罵他的人，並要林英一幫他忙。基於同事情份，當然不好太拒絕，只好陪他到資料室去，在翻閱資料的當兒，鍾先生一直嘀咕個不停：

「小林啊，我實在是寃枉啊，我對待那些工人也不錯呢，爲什麼他們會那樣恨我？我是較嚴格一些，但這也不能怪我，誰叫我幹上了這總務？真不想幹了，如果不是因爲家裏的孩子太多，經濟沒辦法維持，我才不要來這裏當壞人，唉，內心的苦楚，實在無人能了解。再說上班，偶而看看報紙也沒什麼啊？」

本來開始有點反感了，聽到他這樣殷殷訴苦，却又憐憫起他來。人嘛?!家庭的確是一項極重的負荷。想掙脫亦無法掙脫，人生苦楚的況味也不過是如此吧！

鍾先生頭垂得很低，專心一致在對照那些筆跡，鬢角白髮灼目地閃閃眨亮。對過幾個資料後，他伸展舒散了一下筋骨，唇角的皺紋拉得很深，眼神渙散，一股灰鬱的神色很濃地飄逸出來。

林英一不忍心地說：

「鍾先生，別對了，那筆跡是用左手寫的，你是對不出來的。」

鍾先生懨懨地：

「哦。」

然後沉思了一會兒，再抬起頭來看著林英一，那對流露灰鬱的眼睛不再神采渙散了，開始變得凌厲；聲音也挾著冰冷的意味：

「小林，我想問你一件事，要跟我說實話哦！」

林英一看在眼裏，不禁直犯嘀咕。

「什麼事？」

「我聽工人說，你告訴他們：今天要發的月薪被人搶走了，這句話是真的嗎？」

心火像湧泉般撲突撲突地直冒：

「誰說的？誰跟你說是我講的？」

「先不管是誰說的？我的意思是，就算真有這種事，也不要去跟工人們講；他們的消息傳佈得很迅速哩！尤其這種事情，會引起工人們恐慌。千萬說不得哦！」

整張臉燒燙得不得了，連聲音也被熔成一段一段的：

「混帳！這是那個人講的！——快告訴我——我非去找他算帳不可，那有這種人？——」

鍾先生誠心誠意地把他按捺下來：

「啊呀，你幹嘛這麼衝動呢？年輕人就是這樣，動不動就噼哩崩隆的。管誰去說，反正，你沒說就是最重要的。是不？把事情鬧得愈大，對你有什麼好處？像我這樣被紅筆信罵成連猪都不如，我還不是抱著息事寧人的態度？何必呢？」

想想也對，林英一總算被勸撫住了，正想好好問清楚原因，却瞥見鍾先生懇摯的表情中似乎浮現一絲半閃即隱的冷笑。不由一怔。

鍾先生却降低了聲音，小心翼翼的說：

「小林，薪水真的被盜了沒有？」

「沒有哇！那是老領班——。」

後頭的話還沒有說完，就被小妹阿珠一陣急惶的驚叫打斷了：

「林先生、鍾先生，快點，快點，一號廠有人受傷了，楊領班說很嚴重，流了很多血，可能要送醫院，你們趕快去吧，啊喲，嚇死人了！」

林英一不管三七二十一的拎了急救包，就往一號廠闖，楊領班苦著一張臉在替那受傷的工人包紮，旁邊圍了一堆人，林英一硬擠進去。那工人整隻手全被血浸透了，那麼一大片的赤紅。林英一頭腦突然暈眩起來；流了這麼多血！長吸了一大口冷氣，才喘過來：

「老楊，怎麼樣了？」

「我替他略微包紮一下，不太管用，血還在流，他本人也怕，愈怕愈發抖血流得愈厲害！」

「怎麼發生的呢？」

「他是新來的，想挪動那些鋼圈，我剛才在想：他一個人怎麼挪得動，本想阻止他的，話還沒出口，鋼圈就壓下來了，好在他很小心，要不然，整個人都會被壓到，那就不堪設想了。」

「現在呢？」

「我看整隻手都壓扁了，先送慈恩醫院再說吧！」

「好吧，你去叫車，我去拿勞保單和一些現金。」

林英一再衝回辦公室，每個人衝口就問怎麼了，他氣急敗壞的說：

「手壓壞了，要送醫院！」

匆匆拿出勞保單，找廠長蓋章先向會計借五千元。急得滿頭大汗，却猛地看見鍾先生伏在桌上寫字；他幹什麼？爲什麼不去一號廠？

內線電話猛響，小妹阿珠聽後，哭著嗓：

「楊領班打來的，說攔不到車子，怎麼辦？又不能用摩托車載？他說那個工人血愈流愈厲害了？」

林英一急死了，大聲嚷嚷：

「那怎辦！那怎辦，慈恩又沒有救護車，再說王常董和總經理都沒來，那有車子？對了，用載貨那大卡車。」

轉向廠長。

「廠長，我想開那大卡車載病人去。好吧？」

廠長還沒開口，鍾先生抬頭便說：

「那怎麼可以？卡車是要載貨的，今天要送很多貨哩，老板也不會允准的。」

林英一一聽臉都綠了，一幅什麼全豁出去的姿態。狠聲道：

「什麼，什麼，你說什麼?!是出貨要緊，還是救人要緊，你有良心沒有？老板不准，我准——媽的，誰敢攔我，我就揍誰！」握拳握得手汗沁流。

廠長適時阻止了：

「好了，不要吵了，阿珠，你找司機開車過來，老板問，就說我准的，快點！」

鍾先生很快轉身出去了，朝著他的背影，林英一狠狠地打著空拳。阿珠破涕爲笑地撲嗤一聲，林英一瞪她幾眼：「笑什麼？還不趕快叫車子，你也要挨揍嗎？」

卡車很快就把病人和楊領班全載上了，當車子要駛出大門前，林英一看到鍾先生在公佈欄上張貼一張大紙。楊領班狐疑地問：

「那老鍾又在張貼什麼玩意？」

林英一不屑地嗤之以鼻：

「管他的，那傢伙不是人！」

抵達醫院後，林英一便要司機把車開回去，免得延誤交貨。算算來回，也不過二十分鐘而已，幹！

醫生把包紮布剪開，血肉糜爛，一滴滴的血猛往下淌，似乎還露出白骨的樣子，林英一一陣噁心。便走到大門外去呼吸新鮮的空氣，再進來，楊領班已站在急診室門外，臉色白得好像是他流那麼多血而不是那工人！

「怎麼樣了！」

「醫生說很嚴重，骨頭血管全壓碎了，可能要割掉。馬上就要動手術？所以我就出來了。」

「嗄！整隻手掌？」林英一真要跳起來。

「不是，只有兩隻手指。」

「哦，那還好。」鬆了口氣

「好什麼，人都殘廢！」楊領班惡聲地說。

林英一慚愧地緘默著。

兩個人不發一言，只是猛坐著抽煙。中午沒吃飯，也不覺得餓，直到快二點了，醫生才走出來：兩個人異口同聲的問，情況怎樣了？

醫生搖搖頭說：

「沒什麼，手指割掉了。我給他上了痲醉劑，讓他好好睡一陣吧；你們可以先回去了。」

林英一朝醫生道了謝，要楊領班留下照料這工人：「我先回去了，找人去通知他家裏，還有，看薪水發了沒有，下班時我順便給你帶來。這五千元現金，你先拿著，要用什麼就用，我再來想辦法報銷。」

楊領班默默接過去，突地說：

「喂，小林，不是說薪水被人搶走了嗎？」

怎麼又來了？懊怒地：

「那有這回事？誰說的？」

「總務老鍾說是你告訴那三號廠老領班的，說全部薪水都被人搶走了。」

「你聽伊死蓋，那有這回事？」

原來就是他說的，還說什麼……幹伊娘！

林英一一路上幹個不停。

一進廠，就看到公佈欄怵目驚心的幾個字：

「希望寫這封信的人勇敢出來承認，既往不咎，否則查到後，開除勿論，並送警嚴辦。」

旁邊用較小的字體寫着：

「我是爲了忠於職守，無法不做壞人，但是我的心地極好，你們如有什麼困難，可以隨時來找我，一定替您解決到底，請您們一定要相信我！我一定爲你們爭取福利！」

最旁邊就是那封信，連信封信紙一起黏貼著。

林英一看到那段選舉式的詞句，再想起送工人去時的那種情形，不禁又好笑又好氣地乾笑幾聲：有意思，有意思，有意思！世界上竟有這種人？

阿珠看到他進來，劈頭就說：

「常董找您，要您一回來馬上就去找他。」

他泛泛答聲噢！嘓咯嘓咯灌下好幾杯開水，才長長喘口氣。

阿珠跟楊會計異口同聲追問著：

「林先生，那工人怎麼樣了？」

「可能要割掉幾根手指。」

兩個女孩大吃一驚；廠長馬上站起來：「什麼！要鋸掉手指！」

「嗯，手指都壓扁了，骨血肉糜糊成一團。」

廠長埋怨的責怪聲迭起：

「怎麼這樣不小心，怎麼這樣不小心！」突然想到什麼的：

「咦？我們廠裏的工作安全管理人員是誰？」

「是鍾先生啊！」

「哦！我來問問他，這是怎麼回事？」

「他不知道。」

「他怎麼可以不知道，對了，小林，你看看勞保可以領多少錢，然後你去跟上面說一聲，請公司發出同數額的撫郵金，你先去說，我會跟着去講的，好不好？」

「好！」廠長到底是不錯的，老板准不准仍未知數呢？而且那工人的投保額是最低的一級，再怎麼算也是幾千元而已。幾根手指才換來這麼點錢，如果整隻手掌要割掉呢？那以後的生計怎麼辦？林英一想到這裏，全身冷汗直冒，並微微打抖。

「小林，你怎麼了？滿頭大汗！」

「沒什麼，我上去了。」

滿頭滿面的汗水，被董事長室的冷氣一激，全身的鷄皮疙瘩全起來了。林英一撫了幾下胳臂，才算平伏下來。「媽的！開這麼冷，也不怕得風濕關節炎。」

王常董和張董事長看到他進來，動也不動。總務鍾先生因背著門，沒看到他進來，繼續用那種謙卑的語氣說著：

「所以，令我最感痛心的，就是對工人們的管理方式不好，我是費盡了心血，想透了辦法，結果還是效果不佳，像今天這封匿名信，真使人傷透了心，不知該如何是好？我是把心肝都掏出來給他們了，他們連聞都不聞。

可能是我平常對待他們太嚴格了，譬如規定廠裏不准抽煙，每次却總會在牆角，在水溝邊發現幾根煙蒂，詰問他們，沒有人肯說實話，反而還嫌我太嚕嗦。三番五次地告訴他們說這是廠規，他們還是置之不睬！像做夜班的，有時值夜時抓到他們打瞌睡，只是輕輕告誡他們，他們却都嫌我愛鷄蛋裏挑骨頭，不肯體諒他們是日夜兼工，才會如此勞累！」

「哼？日夜兼工？」張董事長冷冷地從鼻子裏哼氣。

王常董在一旁插上嘴：

「就是附近那些種田的來兼差的。」

「那不會影響工作嗎？」董事長說。

鍾先生抓住了話題：

「就是說嗎！每次我值夜，總是要巡視箇四、五趟。沒想到竟會被辱駡得這樣。爲來爲去還不是爲公司爲工廠，公司賺了錢，我們也賺錢。可是他們總是抱著混的態度，只希望混到月底，等領薪水就是了！這種情形嘛！就像，就像……」

王常董突然用一種近乎詼諧的調侃語氣說：

「就像他們在信裏罵你的，『混日子盜月薪的賊！』」

林英一差點就撲嗤笑出聲來。

鍾先生停了半頓，才尷尬地說：

「所以說，他們是打人喊救人！工人們的素質不佳，才會發生這種事。」

王常董不耐煩地打斷了他的話：

「那麼，你說，有什麼方法可以提高工人們的素質？」

「我想用較嚴格的管理方式，譬如抓到抽煙或打瞌睡，就馬上開除，最好，日夜兼工的也不要用。」

王常董一聽，馬上就揮著手：

「行不通，行不通！這樣辦的話，工人馬上就不夠。」

說完，不再理他，轉頭向林英一，語調緩和了些：

「小林，怎麼樣，那工人處理好了，嚴不嚴重？」

「處理好了，那工人可能三根指頭要割斷。」

王常董和董事長齊聲道：「哦！」然後面面相覷。

林英一趁機便說：

「廠長說公司是否可以比照勞保的賠償數額，再發一倍給那工人？」

王常董輕蹙眉頭。

「多少錢？」

「大約五、六千元，我還沒拿到診斷書：勞保局不知同意付多少？」

「嗯？」

董事長不說話，倒是鍾先生又有意見了：

「有勞保的賠償就夠了，何必公司浪費這筆錢！」

林英一懊惱得連在王常董面前也顧不得了，瞪眼道：

「又有你的事了，兩隻手指才換來幾千塊錢，你還有良心沒有？萬一他今後都不能工作了呢？你……。」

王常董打斷他的激動：

「小林，你幹什麼？有話好說。鍾先生，沒事了吧？你先下去！」

鍾先生囁囁嚅嚅地：「我，……。」

王常董不耐煩地揮手：

「我知道，我知道，你先下去吧！」

等鍾先生一退出，就開始指責起林英一來：

「少年人說話不要這麼衝，再怎麼說，他也算是有一把年紀了，尊敬人家總是對的。還有，你在工廠裏不要亂說話，什麼薪水被搶了等等空穴來風的謠言，這樣最要不得！」

「什麼！我那有說？是鍾先生告訴您的？媽的！」

「你不要管誰說的：反正，以後要注意話不能亂說，好了，你去處理那工人的事吧！記得，不要亂說話，還有關於那工人的勞保賠償費，原則上公司同意照全數補貼一份。」

回到辦公室，林英一還覺得氣憤膺胸。但是不想跟鍾先生吵鬧，反正也沒多大意思，幹自己的工作要緊，打電話找其他工人去通知那受傷工人的家屬。並囑咐不得太讓家屬們驚慌，要溫婉勸說。

掛上電話，會計遞過來薪水袋，並笑著說：

「好在，薪水沒被盜走，沒有盜月薪的賊哩！」

林英一氣忿上來，痛快地大聲說：

「誰說沒有？我們這裏就有一個盜月薪的賊！」

說完，瞥見鍾先生偷偷地用一種悲凄無依的眼光看着他，在一陣舒暢的快感中竟也浮升了淡淡的憐憫。

追逐

冷氣開得非常的強！林英二一踏進餐廳大門，就覺得全身起了陣鷄皮疙瘩，不由哆嗦了一下。

客人全都到齊了。團團的一桌人，他搶前幾步，用力地握住主客陳木雄的手，故意在語氣裏透着着急：

「對不起，車子太多了，交通擁擠嘛！嘿嘿！」

看到陳木雄因肥胖而瞇小的眼裏，確實沒有嗔怒的意思。這才轉移身子和其他的客人寒喧。推辭謙讓一番後，坐在陳木雄的旁邊，不經意地瞥見陳木雄那粗肥黝黑的手指，他突然覺得剛進門時的那陣鷄皮疙瘩並沒有消失，輕輕地用手把胳膊擦揉一遍。

精明的生意人的眼光並無漏掉這一動作！陳木雄啞聲說道：

「林兄，怎麽了？」

怵然一驚；連忙道：

「啊！沒啥，沒啥，冷氣太強了！」

「冷氣太強？我還在流汗呢？林兄，你的身體太『虛』了！」說到那『虛』字，還特地加強語氣！然後哈哈大笑。

客人們也附和着大笑。

林英二當然隨着笑了幾聲：

「講到這點，還希望陳董事長多加指教，傳授一些秘方。你們看陳兄的身體多『勇』啊！」

陳木雄嘩啦嘩啦地狂瘋大笑，手掌在林英二的肩膀猛拍：

「和林兄這款人在一起，最有意思啦，內行人說內行話，有機會我一定傳授，沒問題啦！簡單的事情！」

其他的人們表示他太自私而起鬨，陳木雄豪爽地拍胸：

「沒問題，沒問題，公開！公開傳授！對！我來開一個補習班，班名就叫做『包你勇』補習班！哇哈哈！」

「對！對！不勇不用收錢！」

「包你勇！包君滿意！」

轟轟的葷腥早已滿了整個餐室。如果有人進來這個房間，聽見這些人的話，而又知道這些人的身份地位，一定會驚訝得瞪大眼睛！

林英二覷了腕表一眼，等笑聲歇落，才接着說：

「我看，說歸說，吃還是要吃！尤其是我，不趕快先補一些，晚上怎麼辦?!」

「對！對！」陳木雄怪腔怪調地，隨手一拍，痛得林英二皺了眉：「我先點一味清燉鼈。但是鼈血要留給我們這位林兄！補上一補。」

「有效?」

「這是第一步，保證有效，保證讓你晚上抖三下!」

菜還沒上，小杯子的鼈血已經呈上來，濃濁的液體泛着暗紅色，林英二光看，就已覺得胃液在翻滾。

「來！來！包你勇的！」經不起衆人慫恿，他喝了，却幾幾乎要嘔吐；嘴裏剩餘的幾絲血液，腥得不得了！

陳木雄還睨着眼看；怎麼樣?不錯吧?

他點點頭，心裏却恨不得趕快找杯清水來漱口。

酒宴的開頭總是有點呆滯，衆人還有些客套，兩三杯酒下肚，氣氛開始熱絡了！

「林兄！」

陳木雄舉起杯子，示意衆人一齊敬酒乾杯！

林英二喝了一口，要放下的杯子却被一隻肥手擋阻了。

「吔，林兄怎麼喝這樣少?不行!」

只好乾了。陳木雄這才滿意地：

「對!林兄不愧是男子漢，人豪爽，我最喜歡交你這種朋友!」

說完，嘓嘓嘓自己喝乾。厚墩墩的下巴顫動着，好像肉要掉落一般。

「林兄，講真的，在這個社會，要找幾個真正知心的朋友，實在是不容易。」話聲一頓。喉中嗝喇一聲，酒氣冒突。「今天，我交定了你這個朋友……」

林英二含着笑，以前，在某個朋友的邀宴中，也曾聽到陳木雄腆着肚子，對朋友說過這句話。當然，接下去的會是什麼，他是早已淸淸楚楚了——

——果然，陳木雄不出意外地接着說——

「所以，你那樁生意，沒問題。明天就簽約吧!」

笑意更深了。不僅對着別人，也對着自己笑。

他知道公司的進帳將多了一筆六位數，像金字塔一樣，多砌上塊磚石，更加牢固了。

「來!大家來，恭祝林兄和陳兄的生意興旺!財運亨通!」

這杯酒，按理是要乾杯的，但是他太滿意了，十分順利;這陳木雄不好剃頭，早已是出名了。所以這樣的成果他十分歡悅。

「林兄，怎麼可以不乾杯?」衆人大嘩。

這才感到失態，澀澀地辯說：

「大熱天又是中午，喝太快，頭會痛呢。」

「吔，大熱天，才要乾杯，喀喇一聲灌到底，才會透心凉！爽歪歪。」陳木雄斜着眼，叼根煙，肥厚的烏唇一啓一闔。

「好！來！乾！」

沒想到幾杯酒乾了之後，竟變成自己黏着陳木雄杯杯都要見底。漸漸地，對方的眼睛只管盯着杯子，不再斜着看人了，煙也不叼了，肥厚的烏唇泛白，開闔也不那麼快了。肥龐的臉映出一片油亮。自己的笑聲愈來愈爽朗。

對方喝酒的時候，他是不會發出笑聲的。只是習慣性在唇邊綻朶笑意。要等對方微仰的杯子裏橙黃泛泡的液體，緩慢而困難地傾倒入那肥厚的烏唇時，才帶些讚許地笑出聲來。

酒宴很快就散了，不勝酒力的陳木雄離去時，脚步有點踉蹌。林英二笑意十分深濃，毋寧說，摻和了一種贏家的得意之感。

轉過身，笑意瞬即消失。林英二面無表情的發動了他那輛新購的福特野馬，馳騁而去。

繞了兩彎，車子開始擁擠，野馬只好馴良地走走停停。林英二看時間還早，便把車子掉頭開上高速公路！

大中午的熱風猛灌進窗，只好拉上玻璃開啓冷氣，鋼絲胎在平滑的路面嗞嗞作響；車身那樣平穩，引擎的聲音單一而枯燥，要不是兩邊的太陽穴開始發痛，他都快睡着了！

下了交流道，再走回程，直到回到辦公室，太陽穴仍繃得緊緊的。

上班時間還沒到，燈光關得黯黯的，流轉在二十幾張辦公桌之間，而在桌上的玻璃板上凝結了。林英二踏進門，凝凍的燈光黯沉地襲進他的心。他啪啦一聲，馬上把燈全扭開，窩在室角睡寐的工友驚醒了，用着詫異的眼光看他。

他揮揮手，表示沒事，便走進自己的房間。

太陽穴開始有如一串悶響的炮竹正在劈哩啪啦地炸開。

他從抽屜找出一瓶小白花油，用手指沾了，在太陽穴上輕輕揉擦，藥油滲透過皮膚，猛猛的一陣冰寒。炮竹似乎不再炸了。吁了口氣，把房間的冷度調好，躺在沙發闔上眼試着睡上一下。

頸後的筋却緊得使人根本無法平靜下來，心臟突突作響，藥油的時效過了。他起來想再找那瓶白花油，外頭的大辦公室燈光大亮，隱隱傳來說話聲。

時間到了嘛？乾脆擦把臉算了。

藥油被冷水一潑，又覺得涼涼的。洗過臉後，再被冷氣當面撲來，精神大振！他誇張的伸開雙臂，震了兩震。半天的疲憊被震蕩掉！打開了急件的公事，很仔細很用心的研讀下去。

太陽穴不再蹦突地跳，筋也不緊了。以前從來不曾這樣過，何時開始的？哦?!從三十二歲創立這家公司後才出現的。起初以爲是感冒了，後來接二連三的出現，而都是在身體未感不適的時候，才覺得不對勁！

醫生說的可簡單囉——只要放下工作，輕輕鬆鬆的去度幾天假。回來以後不要太勞累，要時常度假——像這樣的苦心創出來的公司，我怎能放心得下？四、五年就不曾休過假。

當林英二從公事堆中抬起頭來，已經是兩個鐘頭以後。他點上一支煙，噴了幾口。把有問題的地方再翻閱一遍，才按鈴叫人進來。

人進來有一會兒，他還在繼續抽煙。直到那人畢恭畢敬的再度喚了聲：「董事長！」他才抬頭注視：

「小黃，你的計劃書我看過了，很好。」

被喚作小黃的年輕人略感突兀地驚喜，沒想到？……

「不過……」

小黃手足無措了。平時口齒伶俐的外務人員，怎麼會吱唔起來了？急着想要有所解釋，反而更說不清楚。

「這樣吧，你把計劃書拿回去，不必重擬，只要注意開支方面的撙節就行了。還有，成本和收入的估計不必太滿，有點彈性的差距也行。物價的膨脹趨勢要注意哦！」

說完，又埋頭工作。小黃退出去時的臉色，他沒看到。不過，一定是悻悻然。年輕人都是這樣，自以爲費盡心思的成果，竟然未蒙上司採納，心底是不好受。但他又怎麼知道老板有老板的看法？

當初，自己何嘗不是這樣呢？

那時就想：有天，我當了老板——當了老板又怎麼樣？顧慮更多了。做小職員，幹得順遂就幹！幹得不順就再另找別家。現在呢？我敢說：不幹了！就把公司工廠關掉嗎?!

工廠？兩天沒去巡視了，趕緊掛了個電話過去。

廠長照例地報告了一些鷄毛蒜皮小事，有時眞煩，廠裏面有技工，有總技師，難道我這個董事長還會比他們內行？高薪聘請他們做什麼用的？……

煩歸煩，林英二還是一項一項地記在簿子上，明天去一趟吧！凡事都要躬親其事才行。今天的小疏忽，明天可能就成了無法彌補的錯失了。

也許，這點就是成功致富的秘訣吧！

時常告誡那些初入公司的職員或工人，一個人的成功絕對不是偶然的。機會的來臨是不一定的，但是機會來時，你沒有根柢，又怎麼利用機會？

想到要創辦這公司時的辛勞，人就老了十歲。才成立五、六年，滿頭的黑髮却白了大半，累得洗頭吹風，總要抹上那麼一些優絲黑、美原啦等等，就差沒去喫何首烏。

頭髮太白了，所以才找不到妻子——

見鬼，每次聽到人家這樣說，心裏總不免暗罵一聲。

啊！你們不了解啦——

鈴鈴鈴！內線電話燈一閃一滅。

「喂！」

「董事長，有一位米小姐在三號線找您！」

「米小姐？那來的米小姐？」

「她說她姓米，還是咪？對不起，她的聲音太低了，沒聽清楚，不過她還說：您一定會接的。」

米？咪？咪？……哦，是她！

「幾號線？三號，好，我接！」

鈕剛揿下去，話筒裏就流出對方嬌滴滴的嗲聲——

「喂——咿，是小林嗎？我是咪咪啦。」

咪你的頭，什麼時候，竟敢打電話來？

「什麼事？我不是告訴過你……。」

「唉——喲。別罵人啦。你看你這個人，多久沒來了？人家好想你哦……」

這傢伙！如果被那些職員聽到了——

「我很忙，這你又不是不知道……。」

「人家知道的，人家是有要緊的事嘛。」

「什麼事？」火都冒出苗了。

「不要那麼凶，好不好？人家的酒店今天開幕三週年紀念，特別請了一些歌星來演唱，還有狄斯可表演大賽，還有……還有……人家今天會穿你送的那套絲禮服。」

她漏了一個『的』字。在盛怒之中林英二爲這個聯想戲謔地却是愉快地想了兩遍——「絲的」禮服，「絲」禮服，「死」禮服。他真想大笑。

所以他用輕快的語調結束了這次的談話：

「老時間、老地點。好啊。記得穿上你那套……。」

話沒說完，自己把電話先掛上了。

送她衣服的時候，是沒想到這點。只覺得那套衣服白亮地，十分輕飄，在日光燈下，却又似漾出一片水水的藍。

突然，他發現公事都看不下去。文字一個個躍跳出來，變成了咪咪的一個個聲音——

「人家知道的——

人家好想你喲——

人家要穿你送的那套絲衣服——」

閤了卷宗，點上一根煙，揀了個最舒適的姿態往那高背靠椅裏窩入。噴出來的煙霧，捲了捲就朝冷氣孔飄去。好似自己的心也在朝咪咪的方向飛去。爲什麼呢？

把半截煙撳熄，再點上另支煙，吸沒兩口，又把它擱在煙缸上，任其熄滅。喝了杯水，起身來回踱着步，拿報紙翻了兩下，就隨手丢在沙發上。

低頭看錶，才四點五分，今天的時刻怎麼過得這樣慢？心底的那股不安正蠕蠕地往上爬。以前總覺得時間不夠使用，職員們全走光了，一個人還留在辦公室裏埋首研討，直到告一段落，才抱着公事走出門，往往會被外頭明亮眨閃的燈光刺得眼睛疼痛。

乍一進門，大樓的管理員總會遞給他一叠信件，趁着在電梯間，看了看那些幾乎全是訂閱的雜誌資料，絕少有私人的信。好些年了，不知道寫一封長長的，好幾張紙的信，是種什麼滋味？

好像並不苦，回想起來還有一絲甜汁。可是現在才剛提筆，整個頭就變成空白，要寫給誰？最要好的朋友已經結婚了，娶妻生子，還有一個穩當的工作。又要寫些什麼呢？告訴他自己心裏的枯燥孤單？還是詳實地報告公司業務的進展？或是只問問安好？……

苦笑着把信紙揉皺，丢進字紙簍。毫無意義?!一切都變了。問安最簡單不過，搖個長途電話，幾秒鐘就行了。談公司的業務，朋友頂多說句「不錯嘛！好好幹！」至於訴說內心的……好久不曾了，連如何啓口都忘了。

畢剝！畢剝！兩記輕輕的敲門聲。

林英二把煙熄了，打開卷宗，坐正了身子：

「進來！」

小黃捧着公文，躡着脚尖走到跟前：

「董事長，剛，剛才您的指示，我，我已經，已經全改過來了，您，您請過目？」

眼光並沒放在公文上，儘在小黃的臉面逡巡。微黑的同字臉，厚實的嘴唇就透着給人一種敦厚感，這麼強的冷氣，寬廣的前額竟然還油光光的，滾着幾顆汗珠！汗珠不經意地滴了下來，林英二的手背突地一涼，他怔住了。吃驚的小黃想掏出手巾來擦，慌慌亂亂的又碰翻了茶杯。幸好杯子裏沒水！

林英二突然覺得小黃臉上的樸實和謙卑是這麼不調和！心底頭更加不耐煩，提高了聲調：

「好了！好了！先放着，我明天再看！」

一幅闖了禍的驚悸罩着。看着這年輕人的模樣，又覺不忍。爲什麼你不說「你看看，這樣可以嗎？」却偏要說：

——董事長，您請過目——

呸！董事長是有錢人？人有錢往往是要靠機運的，不見得能力才情都比別人高。年輕人要記得這一點，工作努力，本份的職務盡心完成就行了。這樣，又何必管你的上司的反應怎樣？年輕人應該活得挺拔一點，節勁一些！

「小黃！」喚回來正倖倖離去的年輕人，換上柔些的語氣：「公事我明天再仔細看，現在我有點事，很忙。」

陰霾消散，小黃走了。

四點三十分，這麼早，上那裏去好呢？

回家？——

扭開門鎖，五十多坪的房子便有如隻靜伺的獸。無聲地把他一口吞噬入冷清的腹中，他痛苦而無奈地輕「哦」一聲，整個人便懨懨地半躺在搖椅裏。

這搖椅還是母親來住時買的。

母親來住時，他是十分歡悅的，每天大包小包的吃食衣物帶回來，跟母親搶着下厨做菜。逛街，逛百貨公司，逛觀光風景區。他是多麼希望呵——

可是不到一個月，母親就告訴了他——

沒有鄰居可以談天，像被關在牢裏一樣——

整天冷氣呼嚕呼嚕吹，對老生病的關節炎不好。打開窗戶，撲進來的却是熱烘烘的空氣，不如老家裡那若有若無的自然風——

出門不會坐車，要去一趟市場，東彎西拐的好似每條街都是一式模樣，走了老半天，都不知道是否已經到家？時常走過了頭再繞回來——

鄰近的超級市場是很方便，可是青菜、肉類都包裝得好好的，不知有無偷減斤兩？好的或壞的統統摻和在一塊。只有兩個人的菜，實在也不好買——

天天對着電視機發愣，國語聽不太懂。閩南語劇又無啥意思，愛啊不愛啊，一起生活看嘛才知道，世間事那有這麼簡單，只有愛就能生活下去？不如看歌仔戲還比較有意思，忠的奸的，好人歹人，人情世事較明理——還有盒仔裝的外國電影，唉，沒見笑，大腿都露露出來——

儘管他如何迫切期待，母親還是捲了行李，帶着幾盒綠豆糕、肉鬆、肉脯，回家去了！

又把他一個人留在這間每坪已漲到六萬多的高級住宅裡。像隻黃金籠裡的金絲雀。

好不容易才使慵懶的身子從椅子上離開，赤着足緩緩走進浴室，華麗的義大利瓷磚涼膩地吻着脚心。他放了滿滿的一缸熱水。把身子浸下去時，滿溢出來的水嘩嘩地擴散流開。浴缸是淺藍色的，他把整個頭全泡在裏面張開眼，看看那片水藍，想到小時候在溪裡嬉水。什麼時候也找個時間去海裏泡泡。這個時間他找了兩年，到現在還沒去泡過海水！

熱水使得全身的毛孔都舒爽地張開，檀香皂味隱約飛散。精神又來了！

他把客廳的電視機打開，然後進去書房看資料，把門關上。好似有家人在客廳看電視，而他正忙着……

——老林啊，你買那麼大的房子，想結婚了？

嗯，嗯。

——老林啊，有適當的對象沒有？我給你介紹一個，如何？

好啊！

——老林啊，上次給你介紹的那位，印象到底怎樣？怎麼沒聽說你約她出去過？

印象很好。就是太忙了，抽不出空來。

每次被介紹見過面，不知怎搞的，總覺得有些踟躕不定。有時一忙又忘了，對方就認定我沒那個意思，又[illegible]了。哼！就是這樣。

小咪每次都吵着要我帶他回來……

對了！要給小咪送幾個花籃去。打電話要花店送去，用公司的和工廠的名義各送了一對，像這種場所，他從來就不具名。

某某公司的董事長……

經營者要負責整個機構的成敗，所以他的收入應該較為豐裕。而職員們……。

他略微一驚，怎麼?!突然會想到這一句話。

不甚愉快地，在腦子裡的念頭被抹消了。他匆匆地收拾好表報公事，向秘書交待一聲，便離開了公司。

回到家。洗過澡，換套輕鬆的便服，洗過而沒擦油的頭髮鬆鬆地掛落幾綹在前額。好久沒穿的布靴有種說不出的舒服。他近乎想奔跑的急衝出去。揮手叫輛車子，往最嘈吵的鬧區裏去。找了家小館子。他發現那裏的小籠湯包出奇的好吃，就連那溜魚片也鮮美可口。生意却很差，沒幾個客人。

和小咪出去吃的宵夜，不是油膩得不想再舉筷，就是清淡無味，不然就糊成一團怪怪的，嚐不出來什麼味道。人却往往多得要站着等候，看到有人離開，就趕緊去擠去搶。

這算啥？等了老半天，又這樣一擠一搶，胃口都沒了——

小咪却樂此不疲，認爲人多才是好吃，名氣打出來了嘛！好像不到那裏去喫那貴得要命的宵夜，就襯不出身份來似的。

湯包和魚片吃在肚子裏，十分暖和。林英二信步走着，人潮一波一波像在趕什麼似的。逛街也用得着這麼趕嗎？然後全聚集在電影院門口，再湧進湧出，頗爲洶湧。怎會有這麼多人？從那裏鑽出來的？

他頗有興味地看着各式各樣的人。冷不防，一個小女孩擦撞他一下。那小女孩蹣躓了兩步，又溜進人潮裏。人潮裏有幾個在急速竄逃，造成了小小的騷動，咦?!

原來對街有個警察正在快步走過來。那些人大概是黃牛吧？好久沒買黃牛票了。留意地看了一下，發覺有個老婦人手裏抓了幾張票窩在一旁。等警察走過去了，林英二閃過人潮，買了張票，拿到手才知道是歌廳的票。也好，反正……

幾個歌星動作誇大，唱沒幾句，就甩一下麥克風，如果失了手，他想那麥克風墜地的聲音，一定會掩蓋住觀衆的嘩笑吧?!歌唱得並不怎麼樣，那衣服……曾做過成衣出口的他馬上就認出那是相當昂貴的……却綴滿了紅紅綠綠的珠片。如果不再唱了，那衣服平時能穿嗎?……

驀地，一片小小的水藍，迷濛了他的眼睛。那小女人穿件白色的薄紗，襯着淺藍內裡，胸前綴朶白亮水鑽。沒有動作，沒有跳蹦。就靜靜站在臺上。細細的清脆地唱出第一句：

「時光一去永不同，

往事只能回味……」

直到終場，縈繞在他耳際的，還是只有這兩句歌詞。

才只一天，花籃裏的玫瑰就有幾朶，黯然的低垂着。可能是人太多，空氣混濁的緣故吧!他覺得有點悶。

平時疏疏的幾桌客人，現在却擠得滿滿的。他啜了一口加冰的強尼走路，冰涼的却強烈地在嘴裏化散開一股酒香，舌尖不由自主地吮吸起來。

兩杯酒下肚了，冰塊和烈酒摻和在一起，奇異地滙成一道熱流，緩緩地在腹下逡遊。意識有些熱烘。幽黯的光線裏人影交錯，他朦朧的眼光在捕捉流竄其中的咪咪。

剛一進門，咪咪就像蛺蝶般飛來，溫柔地貼伏在身旁。乍一聽喚叫，便又輕盈地飄走，那襲藍底襯白的絲綢竟飄閃出幾攝星芒。

星芒忽左忽右，又東又西，眼光就緊緊追逐着。

幾個小姐過來敬酒，他無意的輕啜一口。她們又走開了，她們知道他是來找咪咪的，自然不肯把時間浪費在這兒。

因爲應酬的關係，他時常陪客人跑這種酒店。久了，感到很煩，一開始都是同樣的方式；

先生，我敬您！您貴姓——

我叫做某某，您在那裏得意——

他不知道爲什麼到這裏花錢買酒，還要像口試般的囘答問話。

不過，咪咪的不聞不問，他反而覺得奇怪。來過兩三次，她還只是「嗨！」一聲招呼而已。

——你知道我姓什麼嗎？

——知道啊！這很重要嗎？我認識你就是了。

——是不重要。不過，你怎麼會知道的？

——很簡單，跟你來的朋友不都稱呼你老林嗎？

他讚許地點頭而笑。

看着咪咪那雙慧黠的眼睛，裏面竟有一絲說不出的意味。每逢酒酣，她便在發熱的耳旁，輕輕哼着廣東歌！

他半句都聽不懂，充其量只會一句「濛查查！」也不知道她唱得準不準，只覺得音符從她小巧的嘴中吐出，清朗明亮。她說這是一首「悲戀之歌」，他反而認爲這是初戀的心喜之歌。懂歡地把她擁入懷裏，一向不喜歡嬌小的女人。這回竟感覺到小鳥依人般的可愛。以後，不陪客人，也逕自地獨個兒來了。

追逐呵——追逐着那隻水藍色的小小蛺蝶。

追逐的人累了，那隻蛺蝶才偃息粉翅，停歇下來。

——林，讓你久等了，我把這裏料理完，再走吧。

客人陸續走了，燈光逐盞熄滅。一處一處的黝黑下來，只剩下自己坐位的一角，環成半圈的暈黃，和通明的櫃臺遙遙相對。服務生把那些空了的沙發攏近桌邊。

腦海裏出現了一幅在電影中看過的影像——侍者在猛打呵欠，而僅剩的一個客人還一杯接着一杯的喝酒。

失意，落索和孤獨的意味一鼓作氣地全上來了；說不定什麼時候，我也會落到這種地步吧。林英二瀟洒地仰頭乾杯。誰又能肯定自己將來的下場？他竟有些淡淡的傷感。

「咦？生氣了？幹嘛喝得那麼猛？」

咪咪一雙大眼閃爍着，仍掩不住眉宇間那一份疲憊。

「沒有。我們可以走了吧？」

到外面，攔了輛車子。深夜的街道空曠寂靜，帶着凉意，他把小咪擁得緊些。

「我們去吃宵夜?」

「不了，今天我很累，你沒看客人那麼多?我連轉過來和你坐一下的時間都沒有。」

「或許，我不該挑今天來。」

咪咪的小手先握了他一下，反過來被他緊緊握住。那小手有點冰涼，握在掌中，異常舒服，腹下的那股暖流竟又開始蠕動。

「你今天來，我很高興的。」咪咪低聲說道。

「現在上那兒?」

「我想回去，很累呢。」

林英二默然片刻，才說：

「不要回去好不好?今天……」

就差沒跟她明說，今天自個的眼光在追逐那隻蛺蝶，追得多累?!還有奇異的冰塊和烈酒摻混的滋味……

咪咪側着臉看了他一會兒，才輕輕點下頭。

找了家新開的大飯店，停下車。服務生曖昧笑着，却又很知趣的引導他們進去。

房間佈置得很清雅，到底是新開的，只是淡淡的似乎還飄着油漆氣味。

咪咪一進門，就嘟着嘴抗議；每次都帶人家到旅館，從不帶我到你家裡去——

我怎麼帶你去？嘴裏騙她說，房間沒整理好，太亂了。其實——家是要留給妻子去住的——這對小咪來說：是太不公平了，可是，又有什麼辦法？心裏頭一直毫無娶她爲妻的念頭。

拉着手，想把咪咪拉過來。

她輕閃躲過；我要先洗個澡，全身粘膩膩的。

水聲潺潺有致。他點上一支煙，伴着水聲，心裏頭熱乎乎的鼓燥起來。

這麼慢？好幾次想去敲門，又壓抑下來。

好不容易，浴室的門開了。

咪咪裹了條大浴巾出來。把換掉的衣服隨手丟在床上，兩手舉起整理着髮髻，露出嫩稚汗毛的頸部，白皙地，弧線異常優美地，緊緊地吸引了他的視線——那舉高的手臂，隱約顯露出來的腋窩——

他搶前兩步，緊緊地抱着咪咪。緊緊地讓唇吻吸住頸部的優美——哦，哦。咪咪。

別，別，等一下，讓我整理好頭髮——

剛想閃躲那火熱的唇，林英二的手已撩開浴巾，探了進去，探索着被裹住的神秘女體。頭髮散開了咪咪略微掙扎一下，兩個人便踉蹌地站不住脚步，一個順勢就滾倒在床上。

浴巾扯開了，神秘的女體就這樣展現出來，亙古以來的生命之源泉呵！就這樣無邪地、柔美地，毫無隱瞞地呈現眼前。

林英二覺得喉嚨十分乾燥，嚥了嚥口水。

微微弓起了脚。咪咪閉上眼，白皙的臉上有種甜蜜而滿足，近乎虔誠的神聖光輝——生命的膜拜吧！

發熱而出汗的手心，在剛沐浴過，還有點凉沁的女體撫摸，竟羞澀地有些慢滯起來。女體的白皙映着日光燈，隱隱閃現蒼青色。

林英二跪着，用乾燥的唇，在女體上追逐着。

追逐一陣子後，停留在那兩朶殷紅的苞蕾上，以幼兒的渴盼，猛烈地企求母性的慰藉——女體感動地微微顫抖，咪咪的雙手環了過來，使力地抱住了林英二的頭。

「林，別，別這樣，我，我……」

那奇異的冰塊和烈酒摻和的熱流，滙聚在一處，林英二像個發現了目標的獵人，開始狂烈地追逐。

散開的頭髮像欉黑色的花，咪咪的臉就躺在花中，顯得凄艷而柔美。

林英二有股捕獲獵物的快樂，全身起了一陣猛烈的顫慄。

女體微微出汗，他突然覺得十分粘膩，便進去浴室。

再出來時，咪咪依然裹着浴巾，頭髮已經安然地結了個髻，看着他坐下，便挪過身子，沒想到他蹙着眉說：

「太熱了。先去沖個凉，休息一下吧！」

她微微一怔，看着他那不耐煩的臉，不發一言，順從地走入浴室。他點燃一支煙，落寞地吸着。

她默默地躺回床上。他依舊接連着抽煙，煙霧虛虛渺渺横隔在兩個人之間。

過了許久，他躺到床上，才發現她在輕輕抽搐。

「你哭了？」他詫異地問。

她使勁地摔了幾下頭，眼淚却不聽使喚地掉落。

扳過她的肩岬，擁着。

「不要哭了，別傻！」

她吃力地咬着唇，半晌才說：

「林，下次帶我回家，好嗎？」

他輕笑地說：

「好，下次，下次一定帶你回家。」

整個臉埋進了他的胸膛，可是聽不到他的心裏另外有個聲音在說：「不！」

輕輕把人推開。

「太悶了，我去把窗戶打開！」

「可是，冷氣會跑掉呢。」

「沒關係！」

窗外黝黑的天空，竟有幾顆微弱的星光，他高興地說：「有星星呢！我好久沒看到星星了！」不過那星星不像他小時候站在田埂上看的，那樣明亮的眼睛般地眨眨閃爍，而竟像是久別而陌生地微微亮着。

黑美人

木柱已經很陳舊了，雖說最近重新油漆過沒多久，可是依然在黯黯暮色中，透出那股老朽，不勝負荷的衰頹來。

王新榮每次抬起頭，總會有意無意地瞥見木柱上那塊被蟲蟻蛀塌的地方，在油漆之前，他總是先灌下滿滿一瓶殺蟲液，木頭吸收不了，還滴滴嗒嗒的流下來。儘管這樣，蛀塌的地方仍是一年年擴大。只好囑咐油漆的工人，在那塊地方，特別地多塗幾層。

初初漆好，看來還蠻平坦的，可是不到幾天，他又覺得似乎塌凹了些。有時，故意不去看它。不知道怎搞的，過不了多久，眼光又會在那兒逡巡不停。

幾次，真想狠下心來翻修一番。不過，他太太總是反對，理由很簡單，與其翻修那些部份，還不如等錢積攢夠了，再來起造間全新的磚房，或是鋼筋水泥的，不是更好？更方便？他只好緘默不言。歲月流轉很快，好些年了，到底積攢夠了沒有？從來不曾問過。

把座椅用毛巾撣了撣，並把座墊翻過面。眼角瞥見太太正在那兒洗刷毛巾，肥凸的腰圍因用力揉搓而牽扯出一陣顫動。那麼樣熟稔的，竟仍會看在眼裏，動在心裏。呸！呸！工作時可要專心啊！

當他招呼客人坐好時，却看見有人進來了，不假思索地開嗓子便喊道：「人客，來坐！」音量充沛，提醒刷洗中的太太讓手起來替客人服務。隨口問道：「要洗頭？還是要剃？」

「洗頭就好，我這頭髮是在臺北有名的師傅設計的。」盛氣凌人哪！

「好，好。」催促太太動作快點，心裏頭却想；臺北有名的師傅？哼，哼，有什麼不得了的？那頭髮看起來又長又亂。

美蘭涮地一聲，把毛巾用力扔在水盆，溼漉漉地揚着手走過來。

客人年輕白淨的臉，印上不情願的神色坐着。美蘭倒上洗髮液，便涮拉涮拉地洗起來。他陪着客人聊談：

「您說這頭髮是臺北師傅設計的，您住在臺北？」

「嗯！」濃濃的鼻腔。

「臺北很熱鬧吧？」

「是啊，是很熱鬧。」與緻來了，源源不絕地說着：「很熱鬧哩！車子很多，你看了，真會害怕得不敢走過馬路，房子又高，十幾層囉！說到多，人才是真多！像海水般湧來湧去。總之，臺北是非常繁華的。」語調興奮。

「哦，有機會，我要到臺北，再去玩玩。」

「你臺北去過？」

「嗯，在那裏住了十多年。」

「哦——」

客人不再說話，閉目養神吧，靜靜地任憑美蘭抓撓，只有手力重點時，才微微皺眉。

美蘭衝着他一笑，他懂得美蘭笑的意思；這傢伙把我們當成從沒出過的鄉巴佬了。這也難怪，以我們的形像，倒真的是土味十足哩！

美蘭變得太多了，自己除了瘦點，黑點之外，倒沒什麼改變。難怪上回，孩子們翻開相簿，偷偷的問美蘭：「媽媽，媽媽，站在爸旁邊的那個女人是誰？好漂亮哦！」他聽了大笑不已。弄得美蘭氣憤地捶着他；還笑?!還笑?!這不都是你害的？

都是我害的？這是前世相欠債！倒是信心肯定地回答。

美蘭把一撮白沫摔在洗台上，喚客人過去洗頭，他這才看清客人的身材瘦高，顯得十分結實，眼光不禁被吸引住。

美蘭扭開水龍頭，嘩嘩水聲冲洗掉泡沫，也冲回先前的，在臺北的生活——那時剛退伍吧，在三重埔一間小理髮店，美蘭剛從鄉下去，理髮技術是夠不上臺北的水準的，人又長得黑，很多客人都把她當做山地人，她只好做一些替客人洗頭，沖毛巾，給店裏的師傅燒飯洗衣等雜務。

他從來也沒把美蘭當做怎樣特殊的女人看待，只覺得她很乖，安安靜靜的。有時也會幫着他洗洗衣服。直到有一天，他給位老主顧吹風，而美蘭正在給客人洗頭，那客人也是高高瘦瘦的。突然間，真正的很突然——他竟然感到嫉妒了！

竟然死盯住美蘭手指的動作，給客人擦臉，抓筋，每一個小動作，都令他心煩氣燥，按捺不住心跳。就那一次，自出師以來，從沒有過的，竟把客人的頭髮吹焦了一大片。客人被燒痛了，哇哇大叫！他這才如夢初醒！

店裏的阿坤師笑着揶揄地說：「吹風也會吹成炒米粉，真厲害！可能是昨夜那個三八珠仔的騷勁還在你阿榮的心中吧！」

其他的人緊跟着煽火：「榮仔，你不知道阿珠有多思念你啊，念念難忘。」

「伊啊，ㄖㄖ聲聲要找一個榮哥，榮哥，你在那裏？榮哥，你在那裏啊？」

我在那裡啊？耳裡灌滿了阿坤師暈暈腥腥不入格調的下流笑話，却又彷彿有股聲音在告訴自己：我在這裡，在阿蘭的身邊，說得這樣淸楚明白，自己都嚇了一跳！

轉身偷看阿蘭一眼，伊依然用心地工作着。這才放心地吁出口氣，阿蘭是不知道他的心意的，仍然做着每天的例行工作，就只有在他幫忙時，丟給他一個感激的微笑。

有次，阿蘭跟店裏的女伴一塊兒去吃宵夜，他呆楞地癱在理髮椅上，等到凌晨二點。阿蘭她們看到他打盹得快要溜下椅子來，詫異而好笑地問：

「阿榮師，你怎麼還不睡？看你累得快滑下來了。」

用責詢的眼光狠狠地盯阿蘭一眼：

「我在等……。」馬上又警覺地打個呵欠掩飾了過去。

不料阿蘭却拍着手，雀躍地說：

「哦——我知道了，阿榮師是在等那個什麼阿珠的電話。」跟女伴們一塊伴合着笑鬧個不停，並且學着阿坤師的怪腔怪調：「榮哥，你在那裏？」

人一火，臉就拉下來了，不哨聲地走開。

躺在床上，懊惱得翻來覆去睡不着，隔鄰女孩子的房間還隱隱傳來斷續的笑語；令他又氣又惱地不知翻覆到幾時，才朦朦朧朧地睡着。

隔天醒來，什麼話都不說，直接跑去跟老板告假，說有個朋友剛開家理髮店，人手缺乏，要他去幫忙幾天。老板繃着臉，看着怪不舒服的，唉，管他呢，離開再說了。

隔不到三天，他却又一聲不響地回來了！

這兩天，他是想了很多，爲什麼對阿蘭突然會有那樣的感受呢？單憑阿蘭那黝黑單純的臉？笑起來光耀奪目的牙齒？還是水汪汪，琥珀色的瞳仁？或者跟其他那些的女伴不同，有着還很鄉下土味的純真？自己雖說也是來自鄉下，但十一、二歲就上來了。十幾歲的孩童能記得多少？也許阿蘭的真摯把心裏頭久鬱的土味挖出來了？

儘管他想得頭昏腦脹，却沒有一個確切而滿意的答案，心裏空得讓人整天迷迷惘惘的。

結果，他還是回來老店了，沒有人說什麼，只有阿蘭躲躲閃閃的，好像有意避開他，他心底猛往下一沉！

好不容易，才從同事口中知悉，自從他隔天就離開，阿蘭心懷歉疚，以爲那天晚上玩笑鬧大了，惹得他生氣，他豁豁地笑散心頭那片陰霾。拜託那同事找阿蘭出來吃宵夜，細細一談，總算把事情說清楚了。

一開了頭，他便繼續有計劃地邀請阿蘭出去玩，但想辦法儘量多拉上幾個人，顯得自在些，也較不會令人起疑心。

在這樣小心謹愼的安排下，度過了半年多。他益發覺得阿蘭十分勤快，努力學習，手藝進步之快，使伊很快地也能獨當一面地替客人吹風修臉了。最讓他感到欣慰的是以往只幫他洗洗外衣長褲，現在連內衣褲也搶着洗滌。起先他還拒絕着，過不了幾次，不知不覺竟自然地接受了。

如果就這樣單單接受阿蘭的好心，倒也罷了。只是他個人愈來愈覺得孤單寂寞。心情不好的時候，硬是會想；要是阿蘭能夠靜靜地來坐在他的身邊，聽他輕輕細訴該有多好？

阿蘭，阿蘭，你可知道我的情意？

他終於有了一個表達的機會了。

夏日溽熱的午後，他趁着沒客人的空檔，溜到沙發椅上假寐。眼看睫簾微闔，就要進入夢鄉。却被一陣高吭的尖叫聲吵醒，火火的聽到了——

「你是死人囉，走路也不走好，明明看到我在給客人修臉，就故意歪撞到我身上，要不是我功夫好，及時抽刀回來，不然就面肉翻紅了。」新來的一個妖嬌，裝扮十分入時的女的急尖地衝口一陣怒罵。

「失禮啦，我不是故意的，沒有注意到地下有水，所以脚滑了。」對襯之下，阿蘭怯生多了。

「失禮就可以了?哦，你是認爲我新來的，好欺侮，想要吃定我，是吧?沒那麼便宜。還是看我客人多，故意來撞我，好讓我失手傷人，客人就都會嚇走，你才會高興，才會滿意?」

「我絕對沒這個意思，請你不要誤會。」

「誤會?還十會哩!我誤會什麼?你如果喜歡，我所有的客人都可轉讓給你，這樣，你就會滿足了吧?沒見笑，從來不曾看過人有這樣狠的?!缺人×的!」

阿蘭急怒地反而罵不出口，掩面哭泣起來。

這時，店裡的同事全部圍在兩人旁邊，勸的勸，拉的拉，阿榮自然也擠了過去。

儘管勸架的人七嘴八舌，那女的還是理直氣壯不饒人的繼續用惡毒的字眼進剿阿蘭，阿蘭早已雨打梨花成個淚人兒了。

阿榮是一股憐惜，又不能……真真疼在心裏，那女人却又如此刁蠻，節節進逼。一急一怒，衝口就嚷：「好了沒有?!伊又不是故意的。人都給你罵哭了，還不知足?你到底要怎樣?這又不是什麼大不了的事。」

大聲並沒嚇倒那女人，反過來更酸刻地：

「喲，沒什麼大不了，要怎樣才算大，伊明明是要吃定我，給我罵哭了，你心疼是不是?你是伊什麼人?伊不對，我說她幾句都不行嗎?你是伊什麼人?你說!你說!我罵好了沒有?哦!好，好什麼好?你們兩個好!我罵她，你不高與，替伊不平，你是伊什麼人?難道是伊契兄，不然……。」

我是他契兄?!我是伊……?!契兄!!

一聲悶雷，震得人心跳神亂，險險乎要栽倒於地。強吸了一口長氣：

「喂，喂，查某，你說話要有憑證，無憑無據，你敢說這種話?」

那女人得寸進尺，兩手叉腰，挺進那付假得十分的乳部，香辣辣的一陣風颶。

「有什麼不敢?事實就擺在眼前。」

全身無一處不氣怒得抖抖亂顫：

「你；你……你說什麼，事……實……。愈說愈不成話，你，這猾查某!」

阿蘭哭啼啼的，淒切婉轉：

「榮哥，算了，不要，不要了，拜託，拜託！」

沒想到這女人真是九尾妖狐十條命，竟又掉轉頭，指向阿蘭：

「喲，我說他幾句，你就難過了？你們真是同條心呢。放心，放心，他是個大尾流氓，我那敢把他吃掉……。」

「喂，查某，你到底有完沒完，再說說看，再說說看，不要以爲我不敢……。」

「你敢?!你敢怎樣？那最好了，來啊！來啊！老娘在這裏吃冷粥等你！」假山峯挺進得煞有介事，香辣辣的風呵！悶得令人心煩欲炸。滾開！滾開！不要再過來！「不敢吧？哼！我就看出出，沒膽的小鬼！」

「你再說，……你再說！」

「說就說，我…。」

手的神經已經無法控制，無法不舉起，無法不揮出，一揮出就拍散了那香辣辣的風颸！

「唉喲！你敢打我？你敢打我？救人哦，查埔打查某，救人哦！我跟你拚了！」

那女的揉身上來，撕纏成一片，阿榮真是氣昏頭了，只覺得嗡嗡嗡一團混亂，那女的怎樣被勸走，同事們怎樣收拾殘局，他都不記得了，只依稀記得阿蘭淚眼婆娑，聲嘶力竭：

「榮哥，不要，不要這樣，榮哥，不要，不要啊！」

過兩天，事情平靜，那女人也走了！阿榮變得更沉默，整天不發一言。

阿坤師他們仍本着志同道合的道友身份，勸他去找三八阿珠仔三八三八一番，阿榮苦笑着拒絕，阿坤師他們恍然大悟地鬼喊鬼叫：

「甭怪哦，原來阿榮師是愛上了我們店裡的『黑美人』了。」

他乍聽之下，先是微微一楞，但是愈想愈覺得這詞兒十分貼切哩！阿蘭可真是活脫脫的一個「黑美人」！說過，他也並不十分放在心上，沒想到阿坤師竟會把話傳開了，許多同業，見了面，也總是一句：「阿榮師，你那『黑美人』近來可好？」

起先他不置可否地笑笑，漸漸地，竟覺得有股壓力存在；彷彿他是真的跟阿蘭怎樣了，想到這裏，他有點着急，自已倒無所謂，就是不知阿蘭會有怎樣的感想？不多久，果然有位同事告訴他，阿蘭曾偷偷哭過幾次。

他當天晚上就把阿蘭約出來，急急解釋：

「阿蘭，你千萬不要誤會，那都是他們瞎鬨出來的。絕對不是我故意找你厤煩。」

阿蘭用衣袖擦了擦眼角，低聲道：

「我知道。」

「我不知道該如何對你說，如果你不認為我太唐突的話，實在很想告訴你，我…我對你很有好感！」

阿蘭突地忸怩起來，眼睛却瞪得很大地看着他。

「真的，我非常希望能跟你常在一起。但是？」停頓一下，才又繼續接着說：「現在旣然鬧開了，我們不要在同一家做，比較好，你說呢。」

阿蘭眼神一黯，輕輕點頭。

「不過，你放心，我會時常來看你。」說到這兒，他心裏頭竟也離緒別愁的酸楚起來。「這不是我的本意，啊——爲着環境來所害。不過，阿蘭，你要相信我！我總有一天會開家理髮店，當上老板的。那時的店名叫做『黑美人』理髮店！」

「黑美人？」

「是啊，你沒聽大家都叫你『黑美人』嗎？」

「榮哥，你……。」阿蘭羞紅臉，躲了開去。

「喂，老板，你的店名爲什麼叫『黑美人』？」洗過頭的客人一坐下，劈頭就問。

「這個嘛，嘿，嘿，你說呢？」眼睛直往太太身上飄。

精明的客人並沒有忽視掉這動作，會意地笑了笑。但怎樣說，也不可能聯想到這臃腫肥碩的女人會和「美人」兩字有所關連。

「哦，我還以爲和臺北的什麼黑美人酒家有關連呢？」

「是嗎？先生，你在那兒高就？來這裏有事？」

「沒有，來玩的。這地方曾來過，有空嘛，就再來看看。」

「喔，這裏是較鄉下，不過風景不錯，空氣也很清新，不壞呢，對了，你要吹什麼髮型？」

「自然就好。咦？你們這裡的少年好像很少呢？我繞了一整天，沒有看到幾個。」

「白天在工作。不過，不少少年的出去外頭賺錢，倒也是事實。」

「哦。」

「少年人總是希望到外頭闖蕩闖蕩，一方面碰碰機會，另方面看看外頭的地方，增加點見識。很多在家裡時，橫橫霸霸，出去一趟後回來，人就變得乖馴多了。」

「到底是外出不比在家好。像你這樣在鄉庄裡弄間小店頭，推推剪剪的，不也很好？」

「我是吃不開，才只好搬到這裏來隱遁。」

「你客氣。咦？你不是這地方的人？」

「嗯，我是中部人。我太太是這裏的人，伊厝就在隔岸的半山上。」

「哦。」

阿榮停下手，扭開收音機，吱吱喳喳的一段電波雜音後，勸世歌聲出來了——

我來唸歌囉，給你聽啊咿——

虎死留皮啊，人留名——

講到當今囉，的世界咿——

鳥爲食亡啊，人爲財哩——

電視機裏男歌星用唱流行歌的腔調，沙沙唱着勸世歌，阿榮被唱得心痠，語氣不太和緩；對着阿蘭的同事質問：「你說阿蘭回去鄉下了，什麼時候回去的？」

「昨天。」

「什麼時候回來呢？」

「不知道，她說可能不回來了，要你有空到她家去玩，地址你不是有嗎？」

「不回來了？爲什麼?!」

「不知道。」

「不知道?!」看到他匆促趕到鄉下來，美蘭剛露出一團喜氣，突又忿恨地說。「她怎麼會不知道？騙人！事情發生的時候，她在場呢。」

「可能是女孩子吧？這種事情不好說出口。不過你老板也太不像話了，怎麼可以說那種話呢？自己開的是理髮店，又不是妓女戶，理髮小姐被客人吃豆腐，發脾氣也不可以？一點道德心都沒有，那天我是不知道，不然就揍他一頓。」

「你不知道哩，他說的可真難聽，什麼你以爲是多高貴的小姐，給客人摸一下，又不會損失一塊肉，怕什麼？賺錢要緊，這時代，錢最好，有錢賺，什麼都可以商量。」

「商量伊娘的頭！阿蘭，你也是的，要走也不講一聲，害我以爲發生了什麼事，急急忙忙趕了來。」

羞低了頭：「我不敢打電話給你，怕一聽到你的聲音，我又會哭出來。」

「怕什麼？有我在，誰敢欺侮你！」

「不是啦，我不是怕別人欺侮……我是……。」頭垂得更低，臉上一片紅暈。

「不然，是什麼，是怕我不會來找你嗎？」

「是……不是……」

阿蘭吱唔半天，突然，轉頭向着門外喊道：

「阿玲！阿賢！在偷看什麼，出去！」

兩條小身影很快地一閃卽逝。

「他們是誰？」

「是我哥哥的孩子，壞習慣，對每位陌生人都十分好奇。來吧，我帶你去走走，這裏你沒來過吧？」

「沒有，剛才急急忙忙只顧着找你，也不曾注意到，只覺得空氣十分新鮮，四周很寧靜。」

「晚上才靜呢。」

「對了，美蘭，伯父伯母呢？怎麼沒看到？」

「他們都跟我兄嫂到田裏去了，晚點才回來。」阿蘭看了看壁鐘：「啊，他們快回來了，我還沒弄飯呢，你坐一會兒。」

他們一同來，稍做招呼，就去洗過手脚，有的去幫着阿蘭，很快擺好滿滿一桌的菜。阿榮更是深感不安，阿蘭的父親亮着黯銅膚色的笑臉，殷勤招呼：

「來，來，王先生來坐，不要客氣！」

「阿伯，阿嬸，真失禮，來打擾你們了。」

「啊喲，你說什麼話?坐，坐！不要客氣，菜是自己種的，鷄是自己飼的，魚是自己釣的，蝦、鼈是自己去溪裏撈的，連酒也是自己釀的。你說這那有需要客氣?一仙錢都沒破費呢。」

「真的?哇！那實在太好了?不像在臺北，處處都是需要用錢，費用凶得驚人哩！」

「雖然是免花錢，但是仍要準備好多天呢，鼈最麻煩了，要預先去抓。你有吃福。有時，抓很久都抓不到。不過，阿蘭一回到家，就說你會來，所以先準備起來。」

「阿蘭說我會來?」

「是啊，很肯定呢，我起先笑伊憨想，這種小山村，那會有貴客來?嘖！嘖！竟也會給伊料到呢，哈哈，不簡單，來，免嚕嗦，喝酒，喝酒！乾！」

酒是自釀的米酒，甜甜的略帶點酸味，喝起來順喉得很，不自覺地就乾掉一碗。阿蘭怎會料到我一定來?原來，原來，伊知道我的情意了?!伊知道了?!

阿蘭陪着喝了口酒，臉頰馬上不勝酒力地酡紅了。

「來，不要光喝酒，吃菜！吃菜！很簡陋，粗菜薄酒，不要見怪。來！你吃得還習慣嗎？」

一塊土鷄肉剛在牙縫裏撕扯，忙不迭地回答：

「唔，唔，很好吃，真的，很好吃！」

「好吃就要多吃些，我給你挾！」

碗裏堆滿了菜，酒碗的酒液一低馬上又滿溢起來。

「來，阿蘭，你來敬王先生，請你朋友喝乾啊！」

阿蘭羞答答的捧碗齊眉，然後臉往後一仰，整碗酒乾了。他一愣；阿蘭不是一口酒就臉紅的嗎？

「阮阿蘭酒量不壞呢，自小我就教伊喝酒。山裏濕氣較重，喝點酒可以搪搪寒氣。對了，王先生，阿蘭在臺北給您照顧很多，我來敬你一杯，來！」

阿蘭的父母兄嫂，每個人輪流着敬酒。阿榮覺得舌尖漸漸不太靈活，一句話要分幾次才說得清楚：「阿蘭，真……乖……乖呢……。我……我……也沒什麼……照顧伊……伊人真……好……我……很……真……喜歡……伊。」

山霧可真濃咧，一會兒工夫，屋裏全罩上茫茫一層。阿榮看到阿蘭垂着頭，伊父母却在交談什麼，兩張臉突然變成了四張臉，且全盯着他看，然後一起點頭微笑。

遙遙遠遠，又似乎就在耳畔輕響：

「王先生，阮阿蘭是庄脚人，禮數全不懂，將來如嫁過去，還望你多照顧！」

阿榮唬地一聲，站了起來！要……要……嫁過來？ㄖ裏却不自禁地說：

「我……我……我會的！我一定……會……照顧……伊！」

「這樣，我們就放心了。」

這是真的麼？這是真的麼？……

阿榮搖着頭，直在心裏問着：我不相信，我不相信！阿蘭怎麼會嫁給我呢？我什麼都沒有啊！無厝！無地！無田！無園！啊啊……

搖搖幌幌的站起來，鼓足了勇氣：

「阿，阿蘭，你，聽到你爸爸說的話了？真，真的要嫁，嫁給我嗎？」

好久，好久，阿榮覺得好像站了一整天了，才看到阿蘭輕輕點了頭。

阿榮高興得咕嚕嚕又灌下一碗，笑嘻嘻地：

「阿蘭，阿蘭，我真高興呢，阿蘭，阿蘭！」

阿蘭站起來，就要走開。阿榮急忙趕過去，想要抓住伊：

「你不要走！阿蘭，你不要走！」

沒想到撲一聲，落了個空，整個人跌坐到地上。

大夥兒驚喊着：

「啊呀，王先生喝醉了！」

阿榮只覺得人一下子墜沉入不知底深度，然後又浮升至虛虛渺渺的霧境。桌椅離得很近，想抓却又偏抓不着。霧是愈來愈濃了，所有的人臉都溶進霧中一片白茫茫，霧白茫茫，茫茫白啊，身在其中，不識前程，不辨後路，不見旁人，不見自己，阿蘭啊，你在那裏？我啊？我又在那裏？

我在那裏？

一睜開眼，乍然被強光照射，趕緊又閉上。到底我是在那裏？再緩緩睜開眼睛來東看西瞧，還是想不起來，太陽穴隱隱作痛。

「阿賢，阿玲，客人醒了，快去叫你阿姑來！」

陌生的聲音，陌生的房間，這到底是那裏？

用三合板隔的房間，十分狹窄，剛想撐起身子，肚子裏一陣嘔心，床頭下似乎放着一個臉盆，忙不迭地爬近臉盆，三魂七魄俱散地嘔吐起來。

阿蘭進來後，輕輕揉着他背筋，抱怨地說：

「不會喝就不要逞強，喝那麼多，只是徒然破壞身體。」

吐完了，才稍感舒服地翻個身。

一直躺到了晚上，阿榮才勉強起床。

頭沉沉地跟阿蘭散步在山村唯一的有路燈的路上。走到路燈旁，頭又昏眩了，一陣噁心。他倚靠在漆着黑柏油的燈柱上，圓帽的燈罩，剛好把兩個人圈圍起來。

他突有一股幸福的暖意溢滿全身；是「阿蘭的情意」吧？緊緊地握住伊的手：

「阿蘭，我們結婚吧！」

阿蘭雙眼瞪着他，似乎想從其中看出真僞來。

他再度堅決地說：「真的！我們結婚吧！」

阿蘭的聲音低得聽不見：

「好是好，但是，結婚後，我們住那裏？臺北嗎？」

他一時竟然無法肯定地回答：

「這樣吧，我先上臺北幹一陣子，再決定吧！就是結婚也要慢些，讓我準備準備。」

阿蘭默默地點了頭，兩顆眼睛亮得像天上的星星一樣。在這以前，他從來不知道山裏的星星看來竟會這樣大，這樣亮的！

沒想到才離開三天，心情竟會變了這許多。一回到臺北，便覺得車聲人潮，嗡嗡地吵得厲害，以前怎不會覺得呢？整天就甕在理髮店氷濕的冷氣裏，時時刻刻迫壓着皮膚；他多懷念山谷裏的風，那陣從吊橋上吹拂過的風！

給阿蘭寄過兩封信，第三封信便提到了這感受。阿蘭的回答很簡單；離開那繁華的城市，回到鄉下來吧！我們可以到龜鎮，開家小理髮店，你理髮，我洗頭，小本經營，也不用再請其他的師傅，賺少一些無妨，精神輕鬆就好。

阿蘭這說法深深地打動了他的心，再也無法按捺得住。他馬上跑去跟老板辭行。

不料，那老板一聽他要到鄉下去，嘲笑地：

「算了，算了！開玩笑嘛！憑你阿榮師的手藝，臺北那裏不能夠幹，何必要去那種閉塞荒僻的小村莊，有什麼搞頭？我們是多年好友了，我才勸告你。

你要娶阿蘭，行啊！就把她帶來臺北。她又不是沒來過？夫妻兩個在臺北，好好拼力幹幾年，存點錢，再去盤個店，還不是風風光光的當老板，不是也很好嗎？」

「你這樣說是有理，不過，那種鄉下悠然恬靜的生活，實在令人心神舒爽，這點，你就不懂了！」

很不以爲然地嗤之以鼻：「對了，我是不懂，可是我知道庄下的生活非常無聊哩，電影院是破破爛爛，又沒歌廳飯店，連買件好衣服都要到城市。那種生活有什麼趣味？我看你啊，去不了兩三年，你又會想回到臺北來了。」

「我才不會哩！」

「真的？」

「真的！」

「咿娘咧，你實在真難剃頭，好了！你走吧！我看你能夠忍耐到幾時？哼！」

「老板，你搬來這小鎮多久了？」

「很久囉。」眼睛不禁又往那塊塌凹的木柱飄去，那時可是平坦坦光潔映人哩！

「又多久沒上臺北了？」

「嗯，我算算，生我大孩子前一年去過一次，算來八、九年了。」

「那你不會想到臺北去玩，或是搬去住嗎？」

「去臺北住？幹什麼？吃飽換餓？老了囉。」其實有時何嘗不想再去看看，可是阿蘭執意反對着，人老了，總是要落葉歸根，何況，到臺北去，也不見得好過哩！匆匆忙忙，只圖個三餐溫飽？何如這樣的閒情逸緻，不是更有點生活的趣味嗎？

「好了，你看看，還滿意嗎？」

「嗯，多少錢？」

找過了錢，他對着客人說：

「你現在要去那裏呢，不如，我請你去喝兩杯，反正又沒多少客人，閒着也是無聊。」

「不用了，謝謝。我明天就回去了。」

要送客人出門，眼睛却又瞟上那木柱。

阿榮突然下個極大的決心，衝着客人說：

「要不然，請記得明年再來玩，我請你喝酒！」

「明年?爲什麼?」

回頭看去，阿蘭也是一臉困惑，阿榮毅然吸口氣；啊啊——一幅夢想已久的畫面，真確地出現在他面前；亮麗的馬賽克磚，嶄新的裝璜，光閃閃的玻璃門。

他挺起胸膛，語氣堅定有力地說：

「明年，明年我要翻新厝，你一定要撥空來給我請!」

「好啊，明年我一定來。我先恭喜你囉!」

「謝謝!謝謝!」彷彿他已建好了新厝，就站在大門口，接受來客的恭賀似的。

送走客人，剛要邁進門，却隱隱約約的聽到不知那裏傳來的喧囂的鑼鼓聲，他精神不禁一振，趕緊喚出他太太：

「你聽!你聽!不知道那裏有人在入厝謝神，鑼鼓聲響得很熱鬧呢!」

凝神靜聽了一會兒，他太太肥碩的手拍了他一掌：

「神經!那裏有啊?」

他不信地喃喃說道：

「有啊!有啊!確實有啊!我確實有聽到啊!」

卡車司機的春節旅行

「你說什麼？聽不清楚啦，鞭炮聲太吵了。嗯？好吧！不過過年人太多。要去那裏？好，你來再說。對啊，你到了之後，再掛電話給我。」

半小時後，電話又響了。

「嗯！好，我馬上就去！」

過年，好像計程車也跑得比較快，一根香煙沒抽完，就到了火車站。臨下車前，看到了他站在人行道前，熟悉的暗紅格子呢的襯衫外罩着一件鵝黃的夾克，今天看來，竟隱約的添上一點喜氣。

計程車表是叁拾貳元。她丟下一張伍拾。計程車司機一聲不哼，待她下了車，便揚長而去。連聲謝謝都沒有，也許還惱怒她不給雙倍的車資吧！想到這，她冷哼了哼。鞋跟踩在紅磚上的聲音便格外的響亮。

等候的人回過頭，以爲她是急奔而來，便露出一絲欣慰的笑，隨卽又舉手看錶，一臉久候的焦慮和不耐煩。連說話的口氣都那樣冷硬：「怎麼這樣慢？」使得她本想致歉的「對不起，讓你久等了。」這句話也就噱死在嘴裏。

新年頭，要再像以往的齟齬弄僵了，可能這一年裏事事都不會順暢吧？姑且原諒你這一次，她裝出個極甜的笑臉，對方也正好伸手握住她的手。看來心意還頗接近的。她笑了：

「阿龍，你的車呢？」

「在溝邊，這裏不能停車。我開來的時候，交通的就嗶嗶嗶在趕，只好繞了一大圈。好不容易才找到那個地方，真累，就在這後頭，我們走過去吧！」

兩個人併肩走着。近午的陽光像稀釋而透明的液體，走在其中，彷彿人也變得澄澈而無所隱瞞。

拐過彎角的時候，阿龍突然停了下來，她自然地也停下脚步訝異地：

「到了嗎？」

「沒有。我在等你。」

「等我？」

「我以爲你沒有彎過來，一直走過去。」

「怎會呢？」

阿龍淺棕的瞳仁釘緊了她瞧。握住了她的手拉近心胸。他那斑駁粗礪磨出了肉繭的手掌，握起來竟是厚厚軟軟的，一股滿溢的暖意。

「阿玲，阿玲我怕失去你。真的，我怕！」

一時間，她竟怔忡在那兒，不知該把他的手甩掉，還是繼續讓他握着。雖然他們有時比這還要親蜜許多，可是在這樣明亮的陽光中，再加上路人的眼光，她全身的肌肉全僵硬起來。

阿龍並沒有發覺，猶低低喚着：

「阿玲，阿玲。」

突然，她想到了：

「阿龍，放開手，有人來了！」

他這一放手，她倒覺得空空蕩蕩的。

被騙的人並不再握住手，只是自顧自的走開，她緊跟上去。阿龍拉開車門，敏玲剛鑽進一個頭，阿龍猛地就說：「對不起啊！」

敏玲突被這一擾，差點就鬆開手，摔下車去。

「又怎麼了?」

「我是說委屈你了，開這麼大的貨車來載你。」

「車大點比較有力，有什麼不好，只是太高了要爬上來。」

「運動運動嘛，我看你都快變成老太婆了！」

「什麼，你嫌我老？那容易，我下車了！」

阿龍很迅快地攬着她的肩，把她束進懷裏，她掙脫掉，拂了拂散亂的頭髮。阿龍發動車子，偏過頭來問她：

「我們去那兒玩？」

敏玲心裏頭老大的不高興，竟連去那兒玩都不知道，還來找我？

「隨便到那兒都可以，反正你有車，乾脆到墾丁去，晚上就住在那兒。」

「好啊！就去墾丁吧。晚上你再好好陪我喝幾杯樂一樂。很久沒有喝酒了。」

「天曉得，酒鬼難道還會改喝茶啊？」

「嘻嘻。」

車子一跑上建國路，敏玲的眼前就出現了墾丁的樹影，碧波滉漾。把車窗搖下來，直撲的風使伊瞇着眼，彷彿已站在海灘上迎着海風直欲飛昇。

啊——她剛想舒服的吐口氣，却看到車頭轉向，開上民族陸橋。

「喂喂！你到底認不認得路？這方向錯了！」

阿龍專心一意地開他的車，頭也不回：

「我知道，不想去墾丁了。反正有一天的時間嘛！乾脆到南橫去逛逛，如何？」

海灘風光乍一下被跳接到山林的蒼鬱，再慢慢淡出一片青翠的，巍巍然的，似乎近得可以抓掮得到的，極其親切的景緻。這樣突猛的轉變，心裏頭一下無法適應。誰叫他就是這種性格，而偏自己又和他在一起呢？

車子跑在高南公路，快速而平穩，她的惱怒在沉默中隱隱淡逝。阿龍很乖覺地靜靜開車。她點上兩根香煙，遞了過去。阿龍默不作聲的接着。她本想說：乾脆走高速路上臺北去玩算了，阿龍一定會說好。可是，去那麼遠幹嘛？近來變得好懶。做一件事之前，東想一下，西想一下，人也就軟瘓了下來。像現在坐在車上，被風一吹薰，真想好好地睡一覺。

睡意剛剛萌生，就被連串的顛躓搖走了。她抓着阿龍的胳臂：

「喂，你是怎麼搞的？到底會不會開車？」

阿龍叼着煙，語音含糊不清：

「坐好！這路面不平嘛。」

她一惱，就把大半截的香煙丢到車外滾滾塵煙中，然後搖上玻璃，擁抱着雙臂，蜷縮起來。阿龍繼續默默地開車。丢掉香煙，又嚼起檳榔，一嚼一嚼地嘴角就溢出幾痕紅漬。當他探頭出去吐檳榔汁的時候，阿玲覺得有幾滴噴在她臉上，而且有一股發甜的腥味。她馬上伸手去擦拭，且奇怪着爲什麼他們摟在一起時，就沒有那麼濃烈的腥味呢？那口檳榔嚼了老半天的渣好不容易吐掉了，她感覺輕鬆了些。

阿龍突然指着前面：

「喂，你看！你看！」

她還以爲是什麼美好的風景呢？

「不是啦！你看前面那輛車，那輛二噸半的。」

那輛車有什麼好看？還有二噸半，什麼叫二噸半，她也搞不清楚。

「那輛搭上棚布的。裏面不是或坐或蹲的一大堆人？」

「是啊！那又怎麼了？一輛車裝載了親戚好友，趁着新春假期好好去玩玩，樂一樂啊！」

「對了，對了！樂啊不樂，就會樂上幹你娘的西天去見祖公。」幹你娘的又幹上一顆檳榔。

「爲啥嘛？」她嚇了一跳，新年新冬，破格！

「爲啥嘛？我看他們死了還不知道爲什麼呢？滿滿一車的人，坐也坐不好，站也不好站，沒情況還好。一有情況，急轉彎，急剎車都行，人如不被搞得頭破血流才怪！伊娘的，死在臨頭還笑，還在向我們揮手呢？」

伊娘的，滿嘴的死！死！也不怕犯忌諱？

「算了，算了，我要超過去，坐好。」

阿龍開始表演一套外國電影上的飛車，阿玲伊只覺得滿耳的風聲呼呼，鬢髮全往後刷揚，自過了楠梓站，路面就變得狹窄，好幾回，伊都閉緊眼睛，準備承受大力的撞擊，還有山崩地裂的霹靂巨響，可是身體隨着傾搖幾下，睜開眼，眼前依然是祥和溫煦的春日之景。

該死的阿龍唇角還噙着一朶嘲弄的冷笑。

呸！

「怎麼了，你害怕嗎？」

鬼咧！誰怕？阿玲鬆開握得死緊的拳頭，這才感覺被指甲掐痛的掌心有些濕漉。

阿龍因超車駛入旁道，阿玲睜着的眼睛看到一輛龐然大物的卡車迎面衝來。伊大驚，心想，這下子可真的嗚呼哀哉了，嚇得不知是閉上了眼，還是忘了閉上？總之阿龍巧妙地閃過了。

總之，阿龍用她沒有看清楚的方式躲過了這一場災禍！

總之，阿龍用他有力的胳臂使他倆躱過了這場災禍！

「啊——阿龍！阿龍！……」

她激動地攫緊阿龍的手臂，對方却誤解了她的意思：

「你那麼害怕嗎？我開慢點好了……」「你開快，儘管開快，開多快都沒有關係。我信任你的雙臂呵！「其實，這速度已經很慢了，我在跑省公路，尤其開夜車趕時間交貨，那才叫開車哩！」

這速度還慢！阿玲摟靠得更緊，隱隱地從隔着衣服的肌膚傳來溫濡的汗意，汗熱把他混和着機油的體味蒸騰出一股說不清楚的，令人昏薰的氣息。呵！阿龍！阿龍！如果出事呢？你的肌膚，你的骨格，你的汗臭，你的氣息都會化爲烏有。像水泡泡浸溶在水一樣，無聲無息，阿龍！

阿玲睜着淚水迷濛的眼睛望着他輪廓分明的臉。

他繼續從薄削的雙唇吐出語音：

「真的哩！剛開始我也不敢開太快，老板規定幾點到，那是他家的事。獎金呢，才少得可憐，還不夠我去幹一炮！生命我自個兒的。一次、兩次，到第三次，我看到每輛車都把我趕過去，無由的惱火起來，看我是客氣不趕過你，你還氣昂哩！好了！原來八小時縮短爲六小時，就上了癮了。你不知道，阿玲。車子開得飛快的時候，所有的景物，包括前面的車，都被你抛在後頭，彷彿所有的煩惱也都隨着抛飛，那種心情，實在說不出來，只是感覺痛快極了！比什麼都舒服。」

「你不怕萬一怎樣……？不驚一萬，只驚萬一。」

「啊——驚啥？反正，我做卡車司機的，早就覺悟了，你沒聽人說，開車的，紅衫穿一半？」

「紅衫？」

「古早，要砍頭的死犯不都是要穿紅衫？」

「阿龍！」伊的心疼痛。

「好了，不說這些。」快到旗山了，路上的人車多了。「你坐好，我去買些水果。」說完，也不管車子是停在一間派出所前面，就自顧自的下車去買水果。

阿玲呆呆的坐在車裏。剛剛車子還不很多，奇怪的這一停下來，車子增多了。有的還喇叭猛撳，吵得人燥，一想，乾脆也下車去買，探頭一看，哇塞！竟然停在微微上坡的地方，她不敢下去了，怕猛這一跳，車子會滑溜溜的溜下去，那可就……

引擎沒停，收錄音機的燈猶亮着。她翻出一張淡褪黝暈的卡式帶子。約略看到頭首歌名，浪子走天涯。

透早啊起來冷甲寒，
冷水洗面湅心肝；
故鄉愛人無來看，
放阮歸心做流氓。

頭一回，她聽阿龍唱時，總把歌詞聽成：「透早起來飲咖啡」而大爲驚嘆：哇！這種生活很不錯嘛！透早起來就有咖啡喝。被阿龍笑得面紅。後來還是阿龍到臺東出車時帶回來一張唱片，她才曉得原來是「冷甲寒」。真是！阿龍就借此時常揶揄她，每次在一起後的凌晨，阿龍就會唱起，透早緊起來飲咖啡囉！氣惱的她只有怒罵：死人！

歌聲慢慢唱到：

今後決心做好子，
收脚洗手顧名聲，

改頭換面來打拼，
虎死留皮人留名。

今後決心的好子跑到那裏去了？探望半天，不見伊的形影。太專心地注目左方的景物。被右邊突然響起的剝剝聲嚇一跳，扭頭一看，是個穿黑制服的警察，在揮手示意把車開走，她連話都說不清楚：「好！好！開走！開走！馬上就開走！」

這死人囉，跑到那裏去死了？——

她改變方向尋找着，阿龍却猛地從另一邊鑽了上來。她火冒地劈頭就燒：

「你跑到那兒去，警察來趕了！」

滿滿一臉青鬍渣，却冷哼了哼！

「管他警察來做什麼，我這不是要開走了嗎？」

你啊你就是死鴨仔硬嘴批！

阿龍遞給一袋子水果，她却不希罕地放在兩人中間空出的座椅上。車一開動，橘子蘋果就到處亂滾。她臭着一張臉，拈起個蘋果，顏色鮮艷得令人忍不住咬上一口，這一動口，她連連呸呸好幾口，才吐乾淨，把剩下的往阿龍面前一遞。

「你看，你買的好水果，爛了一大坑囉！少爺！」

阿龍接過來，看也沒看，順手就往車外丟去。

「再換一顆。」

這次，好多了，她綳綳地故意哨得非常大聲。

阿龍淺淺笑着。

車子還沒走多遠，雨就開始下了，起先是一滴兩滴的點在玻璃上。然後慢慢的落在阿玲伸出車外的胳臂，再飄進頸窩。捲上玻璃，雨就斜斜地劃出了好些道痕。外頭已經是迷迷濛濛的一片了。

車過花旗山莊，許多人呼擁着跑步躲雨，阿龍減慢速度，停下車子讓人羣先過路去。

「喂，我們也去看看好不？」

「又不買房子，去看什麼？」

「吔，風景頂好的呢？」

「風景好有啥用？要我跑那麼遠來這兒住，我才不划算呢！免費送給我住也麻煩。」

「那還不簡單，你去買輛小車子，我來給你當自家用司機，如何？」

「謝了！我請不起，也沒那麼多錢買車。」

「又不向你借，何必那麼謙虛。反正你的就是我的，我的……」阿玲搶着說完：「我的却不是你的。」然後，兩個人哈哈大笑。

笑過一陣子，阿玲正經地說：

「真的我沒什麼錢，不要以爲每次我一千八百的給你零用很大方，其實平時我自己很儉省的呢。」

「不要談錢了，你會不會愈來愈有過年的氣氛？」

「怎麼會？我是感覺一年不如一年。」

「那是你心境的關係。以前過年，都是些小孩子亂瞎鬨。現在雖然不流行拜年等什麼的，但每個較偏僻遠的風景區却全擠滿了人。可見人們的水準提高了，玩的地方也愈遠了。」

「這也是現代的人較奢華，死要面子，穿水水，褲袋裏沒半點油水。明明自己的能力不夠去享受，却偏偏忍受不住。看別人生活水準高，也不想想自己幾斤兩重，妄想去比並。別人如何辛苦地勞心勞力去賺錢，知不知道呢？根本就……唉。不說了。」

「你是在『虧』我？」

「才不，我只不過譬如話說而已，不要這樣作賊心虛好不？」

「你說我？……」

「唉喲，你快開車好不好，人都跑過去了，後面的車要叫了。」

「管他！」

車輪輾過濕濕路面，發出渣渣的聲音。低沉規律的輕拍細和就把人拍到一個遙遠的，有着少年遐思的情境。

雨下了一會兒就不再落了。

不遠處車子排了一長列，阿龍探出頭，問着路旁指揮的交通警察發生了什麼事？警察忙着指揮，含糊的答了聲。

「什麼事？」

「不知道，聽不清楚，可能是車禍。」

話聲剛落，車尾就被猛撞了一下，兩個人也齊向前傾。阿龍很好地跳下車。受到驚嚇的阿玲才一下車就看到阿龍衝着她笑，瀟洒的攤開雙手，表示沒事了！

兩個年輕人推着被撞凹了車板的速克達到路旁。

「少年人騎車就這樣凶猛，好在沒出什麼事，不然就只好自己塗牛糞醫治了。也不想想我這輛車好比大戰車，連撞落點漆都沒有。嘻嘻！」

交通警察看看沒事，就不過來了。

這一阻礙，整整拖了個把鐘頭，到再上路，已經快一點了。

「伊娘的，什麼時候不好改道，偏偏選這正月正時，肚皮快餓癟了。每次都這樣，也不長遠計劃。路窄改路，橋窄改橋，時常都在造路修路。這還不要緊，最最可惡的就是修路的，在平坦路上突然挖一個大坑。也不豎顯明標記，等到近了，看清楚了，却都來不及了。尤其是造分道欄安全島的，是最不安全的了。」

「好了，免『哭飫』了。我們到旗山吃飯吧。你意見這麼多，不會寫信去投訴？」

「向誰投訴？我阿龍又算什麼東西？一個自己都無車的卡車司機而已？」

「那你就乖些吧！反正能吃得飽，睏得暖，天塌下來也沒你的事。到旗山去好好吃個飽吧！」

旗山不愧爲南部大鎭。一進鎭界，便覺得人潮洶湧，穿紅戴綠的喧騰個不停，繞了幾家飯店，滿滿的人，阿玲還沒進去，便已覺得被塞得飽飽的。

「阿龍，你不會很餓？我們到六龜再吃好不？」

「好啊，反正吃無定時，我是很習慣。」

「何必說得那樣可憐，六龜很近，要不然，路上有乾淨點的就進去吃，也沒關係。」

「好吧，走啊！」

往下走的路上，人羣便很少了，偶而路過的小庄頭，有兩三簇聚在一起嘻笑的小孩，簇新的大紅大綠顏色，看來俗土得很，可是又俗又土却鮮明地亮出新春的喜。

四周的稻田被剛剛的那陣雨洗刷得翠綠可滴，這時的阿玲覺得心裏好似也被洗過一樣。乾淨、清爽，一些兒灰塵也沾不上。在城市裏生活過日子，無論如何享受不到這樣的清潔空氣，她忍不住深深地吸了一口氣。

有時候，事情不太順心，她也想過跑到鄉下，找家小旅邸，好好窩上幾天，什麼事情都不做，就是散散步，睡睡覺。可是一直都沒做，不爲什麼，大概是拋不下這許多煩惱吧？

凝視着專注神情的阿龍，剛認識他時，以為他會帶來某些心神的安謐。結果却是另番的寂寞；不認識還沒什麼，一認識了反而時時盼望，盼望到了他又要走，走後又是更深更沉的難受，恨透了自己軟弱，為何不掮起把利劍，狠狠的就來給他個相應不理的絕裂，可奇怪的就是下不了那個決心。明明知道他有妻有子，有情婦有女友，像花蝴蝶到處「放種！」自己却無法不承受他的愛撫，不聽取他的甜言蜜語，過後竟以「在這城市裏僅有我和他。」來安慰自己而嚇了一大跳！

我阿玲根本就不是這種人！

那我又是那種人？年紀輕輕就在社會上東翻西滾的，實在很難說的出。懂得太多反而一點用處都沒有。在對方獻殷勤的小動作裏就透測出裏頭的動機，習慣了，有時很惱火每個人都似乎有那樣的一點意思在裏頭，可是輕輕撩探之下。他們却退却比什麼洪水猛獸在追還快，自己偏又提不起興趣再去撩撥他們，只好浮浮的表面一層；不關痛癢的幾簍幾筐的暈腥笑話，也表白了自己不過是玩玩的態度罷了。

人世間有時這樣子淺淺淡淡的倒也好，用不着愛的死緊，恨的死脫。

看着車子駛進一個圓拱門，四遭却突然黯下來。「咦，咦，進隧道了，那六龜近了嚇！」

「你怎麼知道？」阿龍奇怪地問。

「我當然知道，我來過啊，到六龜要進六個隧道。而且你看隔著濃溪的那座山，不是圓突突的像座龜形嗎?」

「亂蓋。吔,你說你來過,跟誰來的?」

七、八年的老事了,你也要問,偏就要整你一下。

「跟我心愛的一起來的。玩得很痛快哩!」

阿龍悶聲不響。在進入第三個隧道後,突然伸出頭,大喊一聲:

「幹你娘!」

廻音震得人耳膜嗚嗚作響。阿玲却暗喜在心頭。

一高興就纏着阿龍車子開慢些,這兒風景好,這兒山水妙,指指點點,嚕嚕囌囌。阿龍乾脆把車子停在路旁,閉上眼打個盹,不理不睬。

阿玲樂得一個人下來,伸伸腰,拂拂散髮。坐在上面,還不覺得怎樣,下來了動一動,才發覺腰脊骨的那絲酸痛。細細的扣在骨節裏,扭動彎曲,便絲痲痲的啃得你呲牙咧嘴。

溜躂了一會兒,覺得無聊起來,這才想起還未吃午飯呢。連手上的一根草株也來不及丢掉便上了車。阿龍倒是天地全塌也不管的神態,酣睡得深沉哩!

「睏猪!」她暗暗嘟噥。用草尖撩弄他的鼻孔。阿龍醒過來,一把撩開草株。「走了吧!」

「嗯。我們先去吃飯,我看你怕不餓壞了?」

「還可以。」

過了午飯時刻。六龜街道上的幾家小飯舘還是滿滿的人。有的穿着登山裝，熙熙攘攘的一大羣。阿玲用肘端撞了撞阿龍：

「喂，改天我們也去爬山好不？」

「好啊！」頭也不擡，專心啃着盤裏的蛋炒飯。

吃過飯的爬山的人出來時，阿玲看見那些背囊，暗暗咋舌：伊娘咧，要老娘背那些東西，只走到山口，怕不就倒下去了，還爬什麼山？

「喂，湯呢？沒湯怎麼吃？」一大盤炒飯都快光了，才想起來。

「你不會早說？我那知道。」轉喚老板端湯來。

「你什麼都不知道，只知道要爬山，爬山。放心啦，吃飽了，我就帶你去爬山。」滋吧滋吧的吮吸着嘴唇。

阿玲本來與匆匆的脫口就要說好，突然想到「爬山」的另個涵義，不禁羞紅臉，呸聲罵道：

「猪哥，沒見笑！」

蛋炒飯本就油膩膩的嚥不下口，現在更吃不下了。倒是那筍乾仔湯鮮美，連那筍絲也細嫩脆滑。特別爽口。乾脆不吃飯光喝湯。

阿龍却是一大盤炒飯乾淨見底。

從飯店出來，兩個人順着街道走了一會兒。看來新春的歡騰並沒有給這小山城帶來多少的喧鬧，依然十分清靜。

阿玲在個香煙攤子站了有一會兒，才見個老婦人從旁屋鑽了出來，匆匆的拿包煙遞給她，就想再進屋去，阿玲搖頭，示意要一整條，老婦人愣了一下，又進屋去拿。

阿龍奇怪地問：「咦？你買整條煙幹啥。」

「要抽啊！」

拿煙出來的却是個小女孩。

「哪，香煙在這兒，我阿媽看電視沒閒。」

阿玲接過煙，揚了揚。

「喂，走吧！」

「去那兒？」

「不是要去南橫嗎？」

「我睏得很，喂，我們先找個地方休息一下，好好睡一睡。習慣了，沒睡午覺，好睏。」

「好吧，車子開不開去？」

「開啊！」

阿龍在鎖車門，她先進去，女服務生正專心地在觀看電視。旅社裏一片淡謐。除去櫃臺上一盤怒放的菊花還帶了那麼一點兒艷黃。

她要了間臨街的房。打開窗，一泓清風便撲面而來。

「啊——真爽！」不禁脫口交讚。

「爽，爽什麼？」阿龍一進來，便摟着她，硬刺刺的鬚根刷得頸窩好痠癢，她躲躲閃閃地。

「別吵，讓我好好享受這風息。」

「風息有什麼好享受的？」

阿龍把她丟到床上，然後自己脫去上衣。阿玲看到他那身肌肉，心跳不自覺地加快。當他再挺着臉靠近，愈來愈濃的男性體味，衝進鼻子。她就自然的伸開雙臂，把對方抱得緊緊的。

「阿龍，你的身上好黏，先去洗個澡吧！」

「等等，先讓我親親，好幾天沒跟你在一起了，好想你。」

真的好想我？阿玲輕輕闔上眼，輕輕的，輕輕的墜落阿龍那雙粗糙的手撫摸出的夢境裏。却墜落得很深，很深，深得不知身在何處。哦哦哦，不！阿龍我不要。我不要你只給我這樣虛飄的夢，我要確切的，實體的，可以把握的。貧賤夫妻百事哀也好，白天送出門，夜晚盼君歸的苦等待也好！醉酒回來替你更衣換洗也好，就是不要像這樣的路邊野花一般，路過時，偶而愛憐愛憐。我算什麼？我真的算什麼？

想到這裏，阿玲的眼皮兒一閉，淚珠便溜了出來。

阿龍慌了：

「怎麼了，我弄痛你了？」

阿玲使勁地搖搖頭。淚珠更搖落了好幾顆。

阿龍却也識趣的不再動她，坐起身來，巴嗒巴嗒地抽着煙。阿玲看着他背部肉痕浮凸。突然，急奮地抱着他，臉緊緊貼着：

「哦！阿龍，阿龍。」

剛剛的興奮潮兒還未完全退去，被抱的人順勢把她壓偃到床上，然後轉過身來，一陣夏日雷雨似急驟下降的吻。

「阿玲，阿玲，我可真想你。不知怎麼搞的，我愈來愈想跟你在一起，永遠地在一起。」

阿玲倒抽一口冷笑：

「是嗎？」

「真的，我可以發誓，對着這床鋪發誓，再不信，我可以對着棉被發誓。」

「床鋪和棉被都可以發誓？發你家的大頭鬼誓！」

「你不信，好！我說給你聽，我阿龍如果對阿玲三心兩意，就罰我永遠不睡床鋪，不蓋棉被！」

「鬼咧！這算什麼？」

阿玲側轉身，面向牆壁。

「這算做我非常愛你！沒床舖可躺，沒棉被可蓋，你不知道多難受。不錯，我時常睡在車上，可以說比較習慣，但是沒床沒被還是很難受咧！」

「好了！好了，我相信你就是！」

「這才是我的好阿玲，來吧，好好陪哥哥。」

雖然心裏老大不情願對方這個誓發得毫無誠意可言。但到底拗不過對方死皮賴臉的再三撫慰。到最後竟變成自己是多需要似的。

「哦，哦，阿龍。阿龍。」

「阿玲，把我抱緊點。呵——多美。」

一下子突用勁的擁抱，阿玲覺得整個人都被束癟了。却從心裏頭昇起舒放的火焰，每個骨節，每寸皮膚像被夏日裏的淸風吹過一樣。舒服得令人咬唇，恨不得就這樣地也化做風一陣，雲一片，飄飄然天上遊！

「阿玲，玲玲，我愛！呵——」雷停雨歇。

也不管她現在是怎樣的感受，阿龍放開了，自顧自的擦拭洗滌，然後逕自地闔眼睡下。

心裏頭剛剛昇起的火焰猶熿熿地燃着。阿玲伸手去抱，却被一手格開。

「唉，不要吵，讓我好好睡一下。」

被阻撓的羞意，她狠力在阿龍多毛的大腿上擰扭。也不管他感覺怎樣，就逕自走進浴室沖洗。

「猶查某，三八查某幹你娘……」怒罵聲嘩嘩啦啦地隨着水聲一起冲洗阿玲白皙的身軀。呈現在鏡子的是多柔美白嫩的啊！阿玲自憐地捧着雙胸，兩朶殷紅的小花，開在皓潔的白沙灘上，海潮一陣緊一陣地拍湧，湧上兩座曲線隱約的山頭，山凹一揉，山麓緩削，在在都是個惹人憐的柔美啊！她淒絕的高擧雙臂交叉着，淡淡的淺鵝黃色氤氳地浮出自個兒的體味。她猛地咬住自己的胳臂。

窗外傳來鑼鼓哨吶的聲音，由遠而近而消逝。

回到床上，蜷縮冷水冲過的冰涼的身子。看着酣睡中的男人，如果有可能，她恨不得把對方撕吃入腹，氣人哪！

酣睡中的男人睜開眼，看她猶蜷臥在一旁，伸手便欲摟抱，阿玲把手推開：

「時候不早了，去冲個涼，我們還要去南橫呢。」

阿龍出來時，她在反手扣乳罩。假殷勤的要替她扣，却反從後着實的抱緊了。低頭吻她頸窩。

「咦？這是怎麼搞的？」指着青紫的臂。

你也會關心別人啊？難得！

「都是被你害的！」想到就氣。

「我？我那有？」一愣之下，手勁弱了。

阿玲掙脫了：「沒有？那才有鬼咧！」

「奇怪？奇怪？」

「無奇不怪，緊啦，穿衣啦；半暝才要入山不行？」

「好，好，嗯——奇怪？——」

山城天色暗得好快！

「喂，我們走南化，然後再去，好不好？」

「好吧，隨你意思。」

回程跑來比較快，阿玲還在笑他的楞頭楞腦的樣子。就已回到了旗山。

「我們去買些汽水果汁。要易開罐的。」

「嗯。」

東西剛買好。阿龍突然跑進一輛跟開來的車一樣大小的車子旁邊，跟司機嘀咕個不停。一會兒才回來。

「怎麼了，他是誰？」

「沒什麼，上車吧。」

車子巡着旗山鎮繞了兩大圈，才走出來。阿玲瞥見路標指着往楠梓。

「你不去南化了?」

「嗯，」面色沉沉。

「為什麼?」

「不為什麼。」

阿玲突然覺得哀傷，新年頭跟伊跑這麼遠，結果目的也都沒去成，好像專程就是為了六龜秀月園旅社那一睡，我怎麼這樣子——

阿龍察覺了，十分不願意地解釋着說：

「剛才那司機是我店裏的同事，他剛剛才從臺南店裏開車來玩。說我太太到店裏找我。他們騙伊說我出車去了。據他說我家裏來了一大堆親戚。她一個人招呼不過來。」

「你總是有理由!」

「好了，免生氣，改天吧!改天我一定……」

「算了，算了，回去看你太太要緊，我算什麼，我不過是一個迌迌物罷了。」

「你怎會這樣想，不是太傷感情了?」

「傷就讓他傷，愈深愈好，最好讓我會就此看破沒?」

「唉呀，愈說愈難聽，拜託，拜託，免生氣。」

阿龍一挪騰出隻手要抱她，車子就成了蛇行。阿玲一驚：

「車，車，開好！我還要活呢？你死，有人給你哭墓頭，我死就白死了！」

「這樣好哦，我們是同命鴛鴦，生不同日死同時。」

阿玲撲嗤一笑：

「死人！」

滿天的陰霾消散。

「阿龍，你明天要不要來？」

「明天？不知有沒有空。有空，我就打電話給你。明天，我還要去籌錢！」

「籌錢？幹什麼？」

「死會仔錢。本來我入會是要買車，沒想到會去撞傷了一個人。賠償費就使我把所有的會全標了。每個月籌錢就弄得我焦頭爛額。」

「活該。」這傢伙該不會又藉口要伸手了吧？

「阿玲，我很羞慚，但是，我曾跟你要過錢，一次也是拿，兩次也是拿，我想，你再借我一些吧！」猜得正着。

「好啦，你要多少你說吧，但是，我沒帶多少錢出來。兎說『借』那麼好聽，有借從來就不曾有還。借？哼哼！」

「兎哼，我待你也不錯啊？」

「不錯。」不錯個鬼咧，不錯?!

「我是不要呢，要不然，我把這車子去質押，至少也有四、五萬可拿。」

「這車不是你店裏的?也不是你自己的。」

「對啊!但是店老板是我結拜大哥，他不會怎樣。」

「那你去向他借啊，何必找我?」

「他會去向我太太說，這不好。」

鬼話，要繳會錢，你太太怎會嚕嗦?

「好了，好了，你要多少，你說吧。」

「三千就好。」

「我沒帶那麼多。」其實是帶了六千多。

「不然，你帶了多少?」

「帶多少是我的事，反而又不是我的。你要，只能挪給你一千，再多沒有了。」

「一千太少了，一千五好不好?」

「不行。」

「好吧，一千就一千，你給我記上，我會一起還你的。」

「還再說吧。我不敢存太大的希望。」

看他急洶洶地把錢接過去的態勢，阿玲突然覺得這次春節出來旅行的目的何在？爲什麼每次跟阿龍出來的感覺都是這樣的？難道說？

經過楠梓車站時。拿起六龜買的那條煙，就要下車。

「阿龍，我在這兒下車吧。」

「幹嘛？」很不以爲然的神態。

「搭車回高雄啊，好讓你早點回去看太太啊。」

「不用了，我送你回去吧，反正很方便。」

進入高雄，車子人潮依然和出發時同樣擁擠不堪。但是阿玲的心境却冷漠得似同灰霾的雲天，而颳起一陣陰寒的風都會把她吹揚如朶落葉的飄零！

卡車放散一股青煙瀟洒而去。

卡車司機的迫迌日記

不是我愛講話。既然是汝愛聽，我就講給汝聽。人生本來就嗨嗨，那有需要太計較？喝酒最好啦，來，手捧這杯是燒酒，喝了爽快解憂愁，咱倆人實在有意愛，可惜環境來阻礙……。愛人哪！汝是我的某！

哦，你講我醉了？還沒，還沒，早啦！要我醉？好。你愛聽，我就講一段古給你聽。什麼古？是古早古早的古，不是敲鼓的鼓。就是要來講一段古，講阮厝隔壁，阿婆仔要生囡仔。好了，正經的。我要開始講了。

是啊，每一個人攏嗎講我是內山的黑狗兄。不過，講起來見笑，我的故事實在也沒什麼精彩，是這樣啦，就像汝這款斯文的讀書人說的：智識相交換！

我是粗魯人，文雅的句我不會，有什麼說什麼，講得太粗俗，汝也不要見怪。耳朶兒扯得伏伏，假做聽到猾仔唱曲。

喂！檳榔丢一口過來！汝娘咧，現時的青仔根本不能「哈」，一顆伍元。伊老母，像在嚼金子一樣，是講這樣也好，我也嚼較少一點，不比以前，一日嚼三、四十粒，恐怖！

奇怪，我想無呢，汝讀書人攏認準我做司機的，就一定真風流，騙猏仔！我有一個朋友，他就乖得可以去吃菜做和尚過日，呵！呵！吃到肚臍爲界。

是說我們的生活較奔波，四處亂闖。不像汝讀書人較好命，衣褲穿水水，辦公桌坐着，冷氣哈着，真爽。算起來，咱們也真有緣，七、八年沒見面了，沒想會在這裏碰到汝，真讚！來乾一杯！很久沒跟汝痛快喝過了！我不太愛給別人知道本身的事情，他們反而會取笑：「賺錢的不會半項，喝酒賭博玩查某樣樣精！」實在，我做什麼都真有分寸，應該做就做，做到三更半暝，做到全身黑漬漬，照做不誤。「開」的時陣就儘量「開」！

好了，我講，嘿嘿！想到要講這些，害我見笑面轉紅。什麼從頭詳細講，我那有法度？腦筋沒那麼好。這樣啦，我想到啥就說啥，一段一段，像那三國演義的關公過五關斬六將。

我要講了！阿伯仔講古給汝聽，囡仔人要靜靜聽。噗！之一聲，阿伯仔放屁真難聽！

·某年某月某日·

講到這第一次，伊老母咧，實在是渺渺茫茫。

那時十七八歲，和一些狗兄狗弟。每晚收工，洗身後吃飽了飯，就成羣結黨到一間阿好嬸的麵攤仔。大家都沒多少錢，阿好婿人太好了，不然早就用掃帚把我們趕出去了。

我們真正是「皮」。皮到無頭無面。少年人真衝撞，看人沒順眼，就乒乒乓乓打得一塌糊塗，汝又不是不知道，打完就有人出來講和，然後又是一頓酒菜可吃。反正有人花錢，有人皮肉痛。不管怎樣，總是有酒有菜，吃了再說。

那暝，我被對方一些死囡仔，死灌活灌的，醉得三魂七魄都散到十三天外。此後，發生什麼事情，我都一概不知。茫茫中，只感覺被拖到一間嘻嘻嘩嘩，全是查某人笑聲的厝，那裏的燈火暗朦朦，青紅青紅。

是啊，是茶室。不過等到酒醒才知道的。

我睡到一點多，才醒過來。嘴乾渴得要命，頭也劈哩啪啦地疼。想要摸黑下床來找水喝，却被一隻柔嫩的手擋住了。呢呢喃喃的問我要做什麼？那來的查某？我嚇了一大跳，半晌才回答說要喝茶。

伊去拿茶的時候，我才看清周圍，是間陌生的房間。又是第一次碰到這種場面，怕得要命。免笑！免笑！真的會全身發抖，心臟碰碰跳！不過頭殼痛得要命，全身又軟綿綿，沒半點兒力。伊捧來的那杯茶，感覺特別好喝，又香又甜。我唔咯三十的一口氣灌下去，才覺得稍微爽快。

茶喝了，較有精神。心裏一想：管伊娘咧，先睡一下再說，難道伊還敢把我吃掉不行？這時，我突然發現全身被剝得只剩下一條短褲，一驚！趕緊把被子拉上蓋着。伊好心地問：「是不是會冷？」

我緊張得連話都說不出來，其實，我是熱得全身冒汗。伊看我不說話，就伸手過來摸了一下。我嚇得心臟跳起老高，快要迸出口來。伊也驚喊一聲：「啊喲！你全身都是汗？來，我給你擦擦。我自然不敢放開棉被，反而拉得更緊。

伊拉了好幾次，沒有拉得動，突然伊爽朗地笑了起來，伊的聲音真好聽。而我却又急又羞。奇怪嗬？那時是菜鳥仔，什麼事情也不懂。事後想起來，不懂反而較有趣味。像現在，啊喲，鴨寮內還有隔暝的蚯蚓，早就不見身屍了。

嗯哼，伊是老江湖，用話激我：「堂堂一個男子漢大丈夫。還怕我會吃掉你？」我當然受不了伊這樣的刺激，把被子一掀，就任由伊擺佈。不過，伊起來開燈，拿毛巾，擦汗，我都是把眼睛閉着。

伊擦得很慢，有時停那麼一下，用指尖在胸膛劃一劃。我全身都會發抖，伊就笑得整個人伏在我身上。那一股強烈衝鼻的香粉，真是差點要我的命。

再也忍不住了，我把伊推開，毛巾一奪，胡亂地在身上擦過一遍，就丟還伊。

我看到伊默默的起來，靜靜的去而復返，不言不笑的斜躺在我身邊。那種神態充滿了哀怨，可憐的表情，好像伊受到了多大委屈似的。

想想伊是對我相當不錯的，我就握了握伊的手，伊的淚水突然流了出來。伊說：「我知道你是嫌我是茶店查某，骯髒人，所以才不讓我幫你擦汗。」我連忙說不是，伊却連聲不相信。然後整個人伏在我身上，把臉埋進我胸膛裏。嚶嚶哀泣。我只好輕輕摟抱伊的肩膀。這一摟抱，摟出了什麼結果，嘿嘿，不用說，汝也知道！

汝不知道？免假仙，我知道汝的心理，想要聽聽更精彩的。失禮，以下的不可以講，講出來就變成……嘿嘿，歹勢了。

反正，自那一暝以後，我才了解什麼叫做男人的意義。天光以後，我要走時，伊塞給我一個紅包並囑咐我要常常去找伊。我實在搞不懂伊送我紅包做啥？囘到工廠，講給那些工頭聽，他們笑得東倒西歪，頻頻拍我肩膀，摸着我的頭，怪腔怪調的說：「看不出來你還是個『在室仔』的呢？」

伊娘咧，是什麼人規定說『在室仔』就要送紅包？我實在想不懂。

以後？當然有再去找伊，故事長哩，不過，簡單說一句：伊對我真的很好，很照顧我哩！

·某年某月某日·

伊再看到我去的時候，抿着嘴微微一笑。我被伊這一笑，笑得心頭全震動，半句話都說不出來。

我和朋友一同去的，坐下後，伊馬上就過來，自動坐在我旁邊。我故意不睬伊，伊仍然吩咐送來一打啤酒，說由伊請客。這一來，自然不好太裝姿勢了。

但也沒有跟伊說很多話，伊那暝都沒轉過別檯。有人來喚，伊馬上惡聲拒絕。什麼意思，我那會不懂？當然了解，不過假做不懂，到茶室關店了，啤酒還剩兩瓶，我已經幾分醉意。伊好意殷殷地邀請：「來，一道來阮厝喝。」

本來不想去，而我那朋友是內行人，看到這種情形，連忙說：「啊呀，好了，陪伊去喝，反正也是一番的好意。好啦，去啦。」伊就順勢目睭假瞇瞇看着我，非要我答應不可。

三推四托總是渡不過伊那目睭深深深似海。七想八想：好吧，去就去。男子漢大丈夫的氣概之下，我就去了。那朋友借故走掉。

您說那兩瓶啤酒怎麼夠喝？不過我們並沒帶回去，嫌太麻煩。到伊厝，改喝「黑牌」威士忌，滿滿一瓶，喝得騰雲駕霧。嗯，伊的酒量不錯，差不多三分之二的酒，都是伊喝的。

伊在茶室上班時，有講有笑，也會猜拳吆喝，一跟我單獨在一起。奇怪呢，話也不講，笑也不笑，烟是一根接一根地抽，噴得全厝內都是烟霧，伊就坐在烟霧中，神態肅然。

後來一瓶酒喝得差不多了。我感到非常愛睏，連打呵欠，伊這才慢慢起身，走過來幫我脫掉上衣，伊就雙眼發愣瞪着我。忽然間，整個人投到我的懷裏，來勢凶猛，差點就給撞倒在地。

氣惱地想推開伊，伊却像麻薯似的。死也不肯放開。直到兩人都滿身重汗，伊才鬆手，語氣冰冷地說：

「阿村，汝不必對我這款，我也只要想和汝做伙，一來我不愛汝的錢，二者也不想結婚，不用紙頭有名，紙尾有字。」

那時我懂什麼？既沒有說不好，也不答應。冷冷地笑了笑。

不過，伊對我好是實在的。這點絕對不能否認！

據伊本人說：「風塵中打滾久了，心頭總是會空虛。人客看不上眼的，不用說了，金錢買賣而已。順眼的，晚暝在一起是糖甘蜜甜，好得無汝我會死。天一光，却溜得像喪家之犬。心裏還在有汝就有我，無汝就無我的呢呢黏黏。那有法度忍受這種冷清？久而久之，誰不會想交一個固定的永遠的？」

我也不知道伊怎會那樣欣賞我，要是換做現在？莫法度了！就是再有那麼癡情的查某，也不會看上我的啦。人老了囉，嘖！嘖！那時陣，我人條直，比較單純。工廠裏的一個小工，鱸鰻不像鱸鰻，竹鷄不像竹鷄。算什麼嗎，不過，少年家的體格真勇健就是了。

一晚幾次？見笑囉，比汝不如。汝老兄才是武林高手。聽說公司裏面有幾位會計都跟汝有過一手？！哈哈，失言。失言。罰酒，罰酒！

・某年某月・

完了。我講到那裏了？

啊——

對！對！有一暝，伊和我在一起，突然拿三柱香來，煞有介事的要我一塊拜拜，當時就問伊原因。伊說這樣，我才不會反背，風火風燃，就幹汝祖媽，駛汝祖媽的罵開了：「堂堂六尺以上的男子漢，又不是喫軟飯的。跟汝黑白拜，拜什麼？拜你娘的契兄公！」

伊被我罵得木頭愣腦的，反身就上床去睡。等我也睡下來了，才發現伊又是兩行目屎滴滴流。

是啊，罵得太兇了，但是我這世人，最討厭這種誓咒暨吐涎。那真的有用？愛就是愛，不愛就是不愛，我就坦白對伊講，說什麼都無路用，海誓山盟都是騙人的。

伊流淚靜靜聽着，反身過來抱我，就連再做那種事，伊也是靜得像啞巴，我反而不好意思。轉過來安慰伊，伊一聽哭得更是唏唏叫。邊哭邊講伊的遭遇。咳！伊也是一個歹命人！莫怪古早人講：自古紅顏多薄命！

伊生作不是怎樣的「水」。但是，我感覺伊確實有「水」就是了；身材就是身材，肉材就是肉材，什麼肚臍？汝娘咧！我才是肚臍，不知天跟地！人對我的感情這樣好也不知，啊，不要講了，講起來人就怨嘆！

怨嘆啥路用？過去就算了。如不是恰巧汝來引起，我根本很久就不曾講過這往事，啊，想到伊，心肝就疼痛，啊啊，可憐的戀花再會吧！

來，為我那位無緣的可愛的戀花乾一杯！什麼？我跟伊相打相罵才分開的？開玩笑，我那會甘？愛錢有錢，愛人有人，又不是豬狗生的，連這點都分不清？東西丟給狗吃，狗還會搖頭擺尾的呢。

我去當兵時，說好伊要去訓練中心探看我，結果十二週來，我被操得筋疲力竭，想厝想得真厲害，伊竟然都沒去，放探親假時，伊託朋友轉告要我去，我當然沒去。賭氣嘛！後來，調去金門，伊不知道那裏探知到地址，寄了幾次錢，我是一封都不回，久而久之，錢不寄了，信也不來了。等我退伍回來，伊已不在那家茶室了。問過許多人，沒人知道伊去向，就此煙消雲散了。

我不會想伊？初戀的情人呢？誰人不想？誰人不念？

伊什麼名字？哦？伊叫做「艷紅」。啊？汝又知道了？騙鬼！

・某年・

艷紅對我好，不是像一般風塵底的那樣愛展「風神」，交一個可以招搖炫耀的「八仔」。伊對我真正是真心的真情對待我。想不通的就是伊為啥不去訓練中心看我？後來問起伊那姊妹伴，才知道伊去驚人會啼笑，說是什麼「老七仔」。根本……唉，難說。緣份嘛！

伊現時可能已經嫁尪了，有一個小小的美滿幸福的家庭。我們在一起的時候，伊就時常說將來伊要嫁一個小小的尪，生幾個小小的囝仔，建立一個小小的家庭，過一個小小的幸福生活。不知伊是否已經達成了這麼一個小小的願望？

汝說伊如果跟我在一起，就絕對無問題？這難說啊，現時的我都不同以前了，何況是伊？想念伊真好是一回事，跟伊在一起生活又是另外一回事吧？

像我這款司機的生活較複雜，隨時都有查某跟隨着？汝這種講法不一定對呢？但是，我會去學開車，也是艷紅伊鼓勵我去的啊！

汝不信？這汝就不知道啦，有原因的：

有次，我們去關仔嶺玩。回程時，等車等得氣死人，尤其，看看別人駛自家用轎車，說走就走，真利便。我們兩個真是又妒又羨！

艷紅突然間說：「我們也去買部車吧！」

我覺得好笑，半揶揄的態度問伊：「汝那有錢買車，就算汝買了，我也不會駕駛。」

艷紅瞪了我一眼：「汝不會去學？」

好像是真的一樣，那時並不放在心上。不想過了幾天，伊真的拿了一筆錢逼着我去學。爲着要專心學車，並要我把工廠的工作辭掉。

我對那工廠的單調工作煩透了，辭就辭吧！這一學竟學出了滋味。有意思！

本性就不是坐得住的人，這一來，更是有如「如魚得水」的感覺。我開始去一間貨運行做捆工，順便跟車時也可以學學駕駛經驗。艷紅是極力反對，認爲這樣會太累。我這樣是一舉兩得呢，我告訴伊說。

可能有興趣學起來較快，第一次就考取了小客車牌。那晚，我們痛快地喝得醉茫茫，慶祝一番。伊又有計劃了；要我先去和人合作跑計程車，以後節儉積錢，再自己買車。到那時，伊就要收山了，專心地做一個家庭主婦。

我是頻頻點頭，滿口應好。開始駛計程車時，渺渺茫茫，有時陣，一小段路就亂彎一大圈，被客人罵死，好在我做人老老實實，不熟就說不熟，大部份的客人都可以原諒的，並順便給指點路線，不多久，路頭就較熟了。

汝講艷紅哦？那還用說，當然天天收班時去載伊返家。天天在伊厝睏？呵呵，莫戲笑了。又不是喫軟飯的，憑我這幅面貌，要笑死人囉，就是世間的英俊的人都死了，也不會輪到我。

哈哈哈——汝講我性格性格，有影哦？哈哈。

·某年·

認真講起來，我對伊真不住呢。

如果我不去當兵，如果伊去看望我，如果我不是直接調去金門二年。真有可能跟伊會有完滿的結局也不一定。

退伍後，漸漸對計程車這種滿街跑，又要搶人客，又要閃避摩托車，又要應付交通的，心裏煩燥得很。有時碰到以前一起迌迌的兄弟，讓他們坐車不拿錢不說，看見他們捧刀捧劍，真正愈不是滋味。

不是怕什麼，啊，原早刀裏來刀裏去，也看了不少。是怕我已經收脚洗手了，無事無故，如果再被牽連進去，豈不衰死了？只想多積一些錢好去牽部新車，那還有心情跟他們「伴揉」呢。

可能年歲多了，也有關係。生死門看得較透徹，動不動就捧「武仔」，能解決什麼事情？江湖飯難吃，你刣人十刀，就能保證不被人刣一刀？想想，煞煞去！天色晚些，我就馬上去交車，賺少一點，保平安要緊！

這樣地驚東驚西，心情自然沒輕鬆，有一次，碰到一個機會，汝知道我遇到誰嗎？想想？就是公司的彭經理，我載過他好幾次，起先他都沒說什麼，突然有天他問我說：公司的司機走了，我有意思去公司送貨沒有？沒貨送的時候，就在廠裏駛推高機。正投心懷，我就答應了！

公司上班有時間性的：吃睡定時，沒好久，我就肥起來，每天下班後，沒事做，附近的那家冰果室不是像灶下，一日走三四趟。

是啊，多少會交到一兩個，清虹冰果室那個阿美，什麼？汝不認識？假仙！我跟伊時常去約會。有吃到沒？你說，憑阿美那種遠看像朶花，近看滿面全豆花，汝想我會有興趣嗎？伊阿母託人來說過幾次媒，我都不答應，像我這種漂亮的人材，那有這麼簡單？趕快離開的好。

我離開公司以後，就不會再找過她了。

改去駛砂石車，喔，那才刺激呢，像是在駛戰車，東衝西撞。車斗高，車身板金又厚，根本不曾躲讓別種車的，重車的砂石，加上高速行駛，如撞上了，不是輕輕鬆鬆就可以的了，大部份都扁扁扁！

車子開得凶，酒也愈喝愈凶。以前一杯酒要分好幾口，現在則滿滿整瓶的栽灌。連玩起女人來，也是那種無感無情的玩法。完了事，拍拍屁股就走。什麼感情啦恩愛啦，都是瞞目的吧，她們主要是愛錢，我會賺，就盡量吧！夜夜新婚，天天廿九晚。

當然是爽！但是爽久就沒爽了，久了，汝就會感到無意無思，無滋無味。不相信？汝去試看看，便知道！

唉，還是和艷紅在一起，完全不同。免講按怎樣親蜜纏綿，但是，有講有笑，一項小事就能夠講得滴母滴瑺。不像現在，在一起完全就是那同事，擁抱，脫衣，戰得滿身重汗！

那種查某只希望對方趕快趕快，伊才好快穿好衣服，快拿到錢，再見，可能幾十分鐘後，伊又和別個客人做伙到汝死我活。我這才知道艷紅的心意，對待我的情愛。那時，真是憨大呆！

艷紅啊，現在汝在那裏？

·某年某月·

有時，故意裝做「在室仔」。但是無論那查某如何調情暱笑，親切對待，還是引不起我內心真正的愛意。差別真大。

如果艷紅能夠出現在我面前，不管伊現時變成怎樣，我一定會跪在伊面前，哀求伊跟我再在一起吧！真的很想伊。

我會離開砂石行，也是自己不好。

有一個剷砂石的查某，看那樣子，絕對不可能是在茶室上過班，雙手纖秀，不離三寶的艷紅能做的粗重工作。但是那個形體，幪着臉露出來那種眼神，實在像得不分二體。衝動之下，一聲「艷紅，我找得汝好苦。」就跑過去將人抱着。

這問題鬧大了！免講汝也曉得，掛彩披紅放炮，逢人便請吃烟，鬧得天大地大，面子全丢了。

阮老母看這樣，也不是頭路，便央三托四地做親說媒。反正我沒啥意見，伊們看好就好。只要不是青面獠牙，看得過目就行，什麼好女德，什麼三從四德，什麼溫柔體貼，一切我都不管，隨伊們去安排。到時我做個便新郎就是了。

實在阮牽手是庄脚查某，乖乖的，純純的，這樣就行了，太會挑檢不一定就會檢到好的。檢啊檢，有時陣，汝就會去檢到一個賣龍眼的！

哦，汝說沒感情結婚就不會美滿，騙猾仔！我跟阮牽手不是親蜜得很？囡仔都三、四個了。人的命運是天在安排。我是較好運。有時，駛車返去，人真乏累，伊就準備兩樣我愛吃的小菜，給我下酒。也會陪我喝兩杯，這樣不是真溫暖？

伊好到事事項項都不會管我？那才怪！伊是甕在心肝裏，不表明而已。有時我三更半暝，醉茫茫返去。伊那個臉色啊，就像那黑陰天，沉沉沉。免講我在外頭又飼細姨了。

娶某有娶某的好處，不會說完全都是壞的。但是，有件事情，伊一直不諒解。就是我娶某請客，收到一包大紅包。沒寫名，奇怪！真正大包呢？一萬塊。紅包內附一張紙條，說要幫添我買車。

對了，汝說對了！一定是艷紅。是說，奇怪呢？伊那會知道我那天娶某？仙想都想不到。阮某就說這一定是我外頭的查某送的。怪怪的滿是醋酸味。

想及艷紅對我這樣好，却又不肯見一面。心肝結整團，解也解不開！又不是說，見一次面就會怎樣了？對不？來，來喝酒，看會澆開心裏的愁結沒？唉，無緣的，汝在那裏？

不談這些了。

娶某又有一個好處，會替汝勤儉積省。結婚沒幾年，我就買一臺十二噸車，專門載板模跑南北線，有時陣，也載一些青果蔬菜，多少賺一些。講起來，無阮某會打算，可能現在，我也是了了一個伙計罷了。

●某年某月某日●

起頭初初跑南北次，聽人講，那種公路飯店有不少「七仔」真媠。興興頭的，就想去偷吃一次，我啪！那種真正說有多汚濫就有多汚濫！

我跟捆工在吃飯的時候，就有一個面抹粉大概有三層壁厚的查某過來招呼，胭脂是擦得像紅面猴。嘴是血盆大口，笑起來滿口黃牙！我看到就倒彈退去十步外里路，免講要進一步怎樣怎樣「哈嘿」了。

等我吃飽飯，付帳的時候，眼尾却曾見一個：啊——汝免笑我，真正是有像，嘖，我也說不上來那裏像，反正，我跟老板指了指，呶呶嘴，他就知道我意思了。

一聽到伊也有在賺食，我就叫捆工喝啤酒等我。我先進房去等伊，那房間暗曚曚，一股汗酸味，汽油味，還有不知道什麼的怪味，攪在一起。已經覺得怪怪的不太自然。那女的一進來，我就知道又土土土了。根本哦，就相差一萬八千里。真正不知道我目睭給牛屎糊住了。沒一點可以誇讚的。免講誇讚了，連稍微及格都談不上。唉，實在可憐！

後來，有次我又到那飯店吃飯。看到一個捆工，裸赤着上身，全身黑漬漬，呲牙咧嘴，笑嘻嘻地從裏頭出來。那頓飯，我就吃不下去了！

講實在的，迫迌查某是分好幾種，不能阿里不達的，胡拉刹攪在一起。至少也要有一個格，什麼格我不會說，總是不能亂來就是了。

人啊，總是要有根底才會久長。一天到晚東飄西游的，有什麼意義？迫迌無了時，自從那次以後，我收束很多了。沒騙汝，真的。有閒來阮厝，我叫阮某炒幾樣好菜，請汝好好喝幾杯，不錯呢，保證給汝吃得嶄，喝得爽！

・今年今月今日今暝・

今暝，跟汝喝得真爽，多謝！啊，免講汝請我請，講到錢人就厭氣！在一起會爽最要緊了，有閒能夠時常來相找，就真嶄，真有朋友情了！

啊，對！汝講不曾見過艷紅哦，前幾天，我去找一位開遊覽車的朋友，看到一個隨車的遊覽車小姐，夭壽！真像艷紅啊，像得不分二體，不騙汝，真的！

啊，什麼胡說，絕對沒騙汝！伊還比艷紅漂亮！皮膚白雪雪細綿綿，看起來真正得人疼，真正水，汝去看看，便知道。

來，這杯乾了，我帶汝來找伊，伊今日可能沒出車，沒關係啦，有認識，不會引起誤會。什麼？我返去厝會太晚，牽手會生氣？啊喲喂，汝看我那是驚某的人？莫煩惱啦，有時陣啊無時陣，煞不免放我自由一下？真的，那個人確實很像我那無緣的，來，喝掉它。人生嗨嗨，免計較，能喝就盡量喝，能迌迌就盡量迌迌。免得到老了，才來怨嘆。

所以啊，我帶汝去找伊，就沒錯啦。

男的女的

男的一走進咖啡屋，便被脚底下硬壳的磨石子地板發出的清脆聲音嚇了一跳。他小心的提輕了脚步，厚跟的馬靴依然嗶剝的響亂了咖啡店坐的客人，每個人都抬起頭看他。臉頰烘熱起來，心裏慌慌亂亂的。就近揀了個靠牆的位置坐下。一坐下便發現這位置明亮得彷彿是全店裏的中心點。女侍拿過菜單來。他在咖啡類裏胡亂一指。女侍問要冷的還是熱的，脫口就說要冷的，說過才想起這還是殘冬。臉好燥熱、管他呢？一逕發狠不管了，反而能定下心來，微微用眼角瞄了全店裏。

女的還沒來。

男的點上烟，噴一口裊裊然的青烟，烟以各種不同的形態飛飄擴散，只有細細幾縷昇騰，抬頭隨之往上看。却驀地看到牆壁上掛着大幅的貓王全身像。斜握搖着麥克風，披亂的髮和彎腰上揚的手臂湊成一幅痛苦嘶叫的形態。黑白兩色反而更强烈地渲染無奈的意味。這時他突然很同情貓王，成了名以後的歌或舞，都不是純然的爲自己了。原來他十分痛恨貓王的不該死！假如我那麼有錢的話，我會……。會怎樣？他却從來不曾去仔細想過。買噴射機？買別墅，買豪華汽車，那又如何？很可能我還是我，一個落寞孤索的年輕人。外表可能不會，內心呢？誰知道別人的內心呢？還是這樣好。單純的奮鬪人生。至少我還活着。年青而英挺，雖然窮得可以。想到窮，就乾乾的對自己冷笑兩聲。身上穿的襯衫、純棉的，時價高達壹千五百元，這可是自己夢思了多少年，才用今年的年終獎金去買的，可心痛了好多天。如果不是今天這麼重要的約會，（母親說的，自己倒不覺得）才捨不得穿出來亮相。萬一弄破了，怎辦？本想隨便披件衣服就算了的。拗不過母親的再三堅持；可要有禮貌哦，可要怎樣又怎樣啦，逼急了才蹩出一句：如果人家不來，怎辦？母親焦急地揮手，唉呀，不會啦，不會啦，要有耐心等！好吧，等就等。可是，要等到什麼時候呢？

女的還沒來。

男的再點上一根烟，數數還不到五分鐘。人家說喝酒、打牌、聊天時、烟抽得最凶，應該把等人也算在裏頭。等人時一顆心全懸起來。進來一個人，就看看是否是等待的伊，伊又是只見過一次面，矇矇矓矓，迷迷糊糊的。只記得有一雙大眼睛，晶亮可愛，稍厚些的上唇，還有就是十足的少女風味。現在進來的少女，那個沒有那種風味？有一兩個迎面而來，差點就要站起來迎接，好在唇角的笑都恰當地凍結了，沒人笑花痴可萬幸呢。再不然，丟你個「神經病。」真受不了！她到底來不來嗎？握握拳，捏捏指節。用指節在桌上嗶剝嗶剝地敲。把身子坐得下溜些，整個人縮進沙發裡，沒一會兒，又熱悶得叫人往上挺坐。她到底來還是不來？真要把人給氣炸了，真是。香烟還有大半截，在烟灰缸裏撳熄了。過後竟忘情的又把手指貼近唇。最乾脆還是打電話問她來不來？真氣人，第一次見面，不好意思問她要，又忘了問介紹人。

女的還是沒來。

女的還是沒來。

男的想再點烟，女侍端來了他叫的冰咖啡，兩層重疊的杯子下端居然還揷了根焰火，嗶嗶啪啪地閃青了他的臉。這家一、二十年的老店，竟也有如此新穎的手法，大大使他感到意外。當介紹人問他下次見面時的地點，脫口而出就是這家老店，在唸高中時，這家算得上最最新式設備的店。時常要來還來不起呢？現在已退居好幾位了，就是地點太好，客人還是相當的多。約會呢？情侶的來臨就十分稀少了。雖然音樂還是那樣柔美沁人的，想不透怎麼會一脫口就說這兒？初戀的陰影猶在？好幾年前的事兒。怎會？焰火燒短了，閃出的光燦不再那麼强烈。但仍嗶啪亂響的閃幻，閃幻的光影中，等待的人終於來了！終於出現了他的眼睛知道，他的心裡知道，他的感覺知道，他的每一吋肌膚全都知道；這就是他所等待的人！

女的低着頭，輕輕走進他的等待的目光裡。才微抬頭，看到了他的微笑，回給了他一個稍縱卽逝但更朦朧的笑。

男的像看到一株美得說不出名字的花似的，只覺得那笑好像在那兒見過，電影上？書報裡？夢中的？美得他眼一花，就是想不起來那兒見過，一下就楞住了！

女的落落大方的細聲說：「對不起啊，讓你久等了。」

男的羞紅了臉，「不！不！沒什麼，來沒多久，請坐，請坐。」

女的扌了摺裙擺，緩緩落座後，眼光在室內溜了一轉，方才同繞到對方的臉上，眼光裡和柔地似是讚許這地方清靜安寧。並向女侍吩咐說：男的點什麼她也吃什麼。

男的感到不安，剛才怎會那樣呆楞呢？愈心急，話就更說不出口，形成了薄薄的一層膜，橫互在兩個人之間。

女的倒是素手纖巧撥弄着那層膜，含笑盈盈的道着歉。口齒清晰的解釋這遲到的原由，弄得男的更加不安，彷彿她的遲到都是對方的過失似的；爲什麼你不把時間訂得晚一點？

男的只好疊聲不斷說：「沒關係，沒關係。……」並生氣着自己是男孩子，還比不上女孩子的大方。試圖打開那層膜；又不知道該從那裏說起，從那方面談起，譬如她的興趣，她的嗜好（女孩子該說是零嘴。）她的服裝還有她的工作、她的家庭，每一點都可以談，每一點都是空白。介紹人說的倒簡單，兩三句話便能概括一切。自己却絞盡腦汁，說不出一句較得體較順暢的話。

女的以爲對方沉默安靜，是在仔細端詳着自己。（介紹人說他是一個頗成功的外務員。）不禁微微羞澀着低下頭。却不甘示弱，偶而用眼角偷看他兩眼。（你能看我，我就不能看你哦？）

男的當然知道對方在看。也知道了再這樣堅持下去，不改變形勢的話，將會很「窘。」今天如換作別人的話，他早就取笑胡鬧個不停，却偏偏碰上自己也會這樣尷尬。急得額上都冒了汗，聲音却還在喉節裏骨碌骨碌轉。想想自己號稱三寸不爛鑽石嘴，現在連成個砂子都有問題。

女的看他額頭冒了汗，殷勤地拿起毛巾要他擦把汗：「看你，這天氣凉得很咧，怎地一頭汗？」

男的急急道：「啊！不！不！沒什麼，沒什麼，我是太熱了。不！不！我也不知道爲什麼？對。對！天氣是凉得很。對！對！」還是把毛巾接了過來。

女的不禁撲嗤一笑。

男的被這突來一笑，倒笑出話題來，眼看他清清喉嚨，一派正經得不能再正經的說：「你最近很忙嗎？」

女的點下頭。

男的又沒話可說了。

女的用力抵住唇，深怕迸出笑聲來。因非常專心地注意噤聲的緣故，看到女侍捧來的咖啡裏居然還挿有嗶哩啪啦的焰火，不禁訝然脫口而出：「唉喲，這是什麼？」

男的體內的雄性優越感開始萌芽：「土包子，一點兒焰火也值得這樣大驚小怪。」隨之又想，當初在臺北首次看到這玩意兒時，不也是驚奇得很，只不過以後多跑了幾家咖啡店，多看了幾次而已。想想，也就不那麼耿耿於懷；好像對方真土得那麼厲害。上次見面時，母親把匙子放在杯子，然後連匙端起來喝，對方竟然也一樣動作的喝着。真把他搞得不自在。母親倒頗讚許對方的姿色風度，談到喝咖啡，反而駁斥他：「那有什麼關係，你又不是一天到晚跟外國人在一塊兒喝咖啡，那麼注重西洋禮節幹什麼？她不懂才好，這表示她很少出來亂跑。何況，她很聰敏，懂得跟着我喝。可見她將來也會聽我的話，做個乖媳婦。」哇呀呀！女人的聯想力真可怕，一個喝咖啡的方式，真可以想那麼遠嗎？對了，她現在在想什麼呢？看她靜靜的……

女的靜靜地看着焰火。

男的這才清楚地看到她穿了一件薄質的白上衣，外罩深紅的背心，大概是穿了黑裙。（剛進來時的印象。）剛好可以配得上自己的黃襯衫黑西裝。想到這，不禁微微一笑。如果她再戴上金框眼鏡，那不就更像……該死！我怎麼把人家聯想成那個無緣的人了呢？人家雖然受的教育不高，可也是嬌嫋的妙人兒一個，各有各的長處吧！看她現在靜靜觀看的神態，不也是令人心窩裏暖烘烘的一股憐愛在滋長？

女的好不容易等烟火燃爐，才吁口氣。看到男的滿臉關懷，忸怩地小聲說：「抱歉，我剛才真是嚇了一跳，還以爲那焰火會爆炸呢？」

男的笑說：「怎麼會，那不過是唬人的把戲而已。」

女的笑說：「真的？我可被唬住了吧！」

男的說：「沒什麼，多看幾次就不會了。如果店裡熟一點，就叫他們不要弄出來。不過，弄出來了也不壞，反正慶祝嘛！熱鬧些也不妨！」

女的一時會不過意來，訝聲問着：「慶祝？慶祝什麼呢？」

男的笑着搖搖頭。心想：「慶祝什麼，難道你心裏沒個數嗎？」口裏却說：「沒什麼，」我意思是說：「如果有個生日餐會或類似的，將會比較熱鬧，有的人會故意大聲叫鬧，把氣氛弄得活活潑潑的。」

女的用一種似羨非羨的神情看着他：「你時常參加這種聚會嗎？」

男的態度突然輕佻起來：「小姐，這怎麼有可能？我朋友也不多，又不能每個人一年過三、四次生日。」

女的鬆了口氣：「那麼，你常常來這裏？」

男的故意東瞧西看一番，才說：「這裏？不太熟。我比較常去一些咖啡專門店，那裏的咖啡比較醇，比較香濃。」

女的急迫盯人：「那會不會很貴？」

男的傻了，怎麼？

女的趕緊解釋：「我是說，那裏的咖啡比較貴，那你時常去應酬，花的錢是公司的還是你私人的？如果自己付錢，負擔不是比較重？」

男的心裏直打鼓，這簡直是在挖我的底牌！「公司的，偶而也自己付。」說完，心裏直喊：拜託，拜託！再問跟什麼人一塊兒去，可真會暈倒了。對方却頗解人意的：「哦，是這樣的。」一句終結。美妙的可人兒！

女的又想起了另一話題：「你最近工作比較忙？」

男的說：「差不多，旺季比較忙，淡季就輕鬆點。」廢話！誰不知道旺季比較忙，淡季輕鬆？真是！

女的沉默着。

男的好不容易才把話題說起，怎肯輕易拋棄，深吸口氣，大着膽笑說：「我以爲你今天不會出來呢？」

女的睜大眼睛，詫異地：「怎麼會？」

男的再鼓起勇氣，厚着臉：「我怕你不喜歡再跟我在一起。」

女的羞笑了笑，搖搖頭。

男的一時沒弄懂對方搖頭的意思，只好順着自己剛才的話，繼續下去：「真的，我怕你不喜歡……。」

女的輕聲細語地回答：「我們剛見過一次面。彼此又不了解。我也沒有辦法說喜不喜歡，只不過，我們先做個朋友，慢慢來，慢慢來再說。」

男的真想衝口就說：「你想了解什麼，你說好了！我會一五一十的，詳詳細細的告訴你，包括別人對我的觀感，你說啊，你說。」心裏雖是這樣想，說出來却不一樣了：「嗯，當然要了解了。要不然，萬一我是狼是虎，那就不得了。」

女的頭垂得很低，聲音也低得幾乎聽不清楚：「你那裏會是狼是虎？」

男的心裏一喜；好！難得你還算沒看錯人，想當年，我可是風雲人物哩，少說也有四、五個女朋友。糟的是碰到喜歡的，結結巴巴說不出一句順暢得體的話。能夠說得天花亂墜，甚至愛啊喜歡啊時常掛在嘴裏的，却又是把對方不當一回事的。說來也怪，老同學碰到面，一聽到還是孤家寡人，甚至連瘋點的愛情都沒有的時候，大家都張大嘴，深表驚訝！異口同聲連呼不可能。落到今天，還要用介紹的，相親的方式。這簡直是開時代的倒車嘛！如果被民國初年的那些倡言廢除舊式婚姻的先賢聽到的話，豈不笑掉了大牙？可是有時想想，這種方式倒也不失爲一個好辦法，先介紹認識，然後彼此交往過一陣子再結合。至少，雙方都會冷靜的衡量對方，而不致像熱戀中的人亂烘烘的一團情愛。等生活在一起，久了之後才開始悔恨，許多原本以爲頂性格的地方却往往是最不可原諒的。

女的看他沉默許久，忍不住偷偷看他一眼，却連爲什麼也不敢問，又低下頭去。

男的覺得她這一動作，看來好溫柔的性情呢，真可以作廝守終生的伴侶吧。這事兒怎跟打牌一個調調，明明手裏抓住牌了，却還要一張一張摸，才知道底兒是什麼，輸贏怎麼定？——真要如她所講的，慢慢來，慢慢來再說了。

女的輕輕攪動咖啡，就着吸管啜了一口。

男的這才想到整杯咖啡，還未喝呢。連忙招呼說：「快喝吧，要不然，咖啡都快冷了！」說完，才想到這咖啡本來就是冷的嗎？怎麼我今天恍恍惚惚的。

女的又喝了一口。

男的看她低垂的頭，突然想衝上前去，輕輕的擁伊入懷，輕輕的摸挲着頭髮，輕輕的對她傾訴心底的那點夢寐，情幻啊！理想啊！喜的怒的哀的樂的。可是他現在連搭住女的手都不敢，只好靜靜看着伊。儘管心潮洶湧不停。

女的再吸了一口，然後向後靠在沙發背上。似在深深吸氣，然後睜開了微瞇的眼，笑着說：「最近你常去看電影嗎？」

男的儘管心緒不寧，可也清楚地回答：不常去。

女的詑聲：「哦？那林太太說你很喜歡看電影呢？」

男的：「是啊，我是很喜歡看電影，不過我近來很忙，沒有空。」

女的：「據說有部文藝片「巴黎落霧」在上演。」

男的：「是啊，有沒有興趣去看？」

女的：「可是，我又聽店裡的一些客人說，那片子他們覺得並不很好。」

男的：「哦？」

女的：「他們說看不太懂。」

男的：「那他們覺得什麼樣的片子好呢。」

女的：「他們比較喜歡看國語文藝片。」

男的差點噗嗤一聲：「那你呢？你喜歡看誰的片子。」

女的：「我覺得林青霞很不錯。」眼角偷瞄。

男的：「是嗎？我不太喜歡她。我認爲林鳳嬌較可愛。對了！「小城故事」你看了沒有？我請你去看。」

女的：「小城故事？」

男的：「是啊！阿B和林鳳嬌主演的。阿嬌演啞女，阿B理了個小平頭，看起來還蠻親切的。尤其那條主題曲：『小城故事多……』。」沒想到又吟又唱了起來。

女的抿嘴：「想不到你唱得這麼好，你也喜歡看國語文藝片？」

男的心裏嘀咕：才是見了鬼咧，除了李行導演的之外，國語文藝片總共也看不到五部以上。嘴裏却回答說：「那天我們去找個『雙林雙秦』的看，好不？」

女的神情愉悅的點了個頭。輕快地說：「現在就數他們四個人最紅的了。」

男的吸了口冷氣：天啊！你懂不懂什麼叫做內涵的韻味。你懂不懂一投足一揮手間就有萬般風情流露，你懂不懂什麼叫做人性的震撼。可也不想再多說些什麼，反正說得再多，她也不懂。

女的繼續高興地說：「尤其他們那些客廳，佈置得真美。電影裏的主角工作看起來很不高級，怎麼會有那麼漂亮的住屋，而且他們好像都很閒，都不用上班工作。好羨慕他們，那一天，我也可以像他們那樣嗎？」

男的冷冷一笑：「那時你已變成坐搖椅的老太婆了。乖乖，那種客廳啊！單單裝璜費就要上百萬。你一個月存一萬元，十年才能夠有那數目呢。」

女的一聽，粉臉冷硬：「啊呀，我只是說說而已嘛！又不當真。」

男的歉咎地說：「那當然，那當然不能當真。電影應該是反映現實的。可是我們現在的電影提供了觀衆在現實中所無法享有的境界，也蠻不錯的了。」

女的這才反臉而笑：「就是說嘛！人還是腳踏實地，牢靠一點好。」

男的接下話來：「這樣比較安穩哩。」

女的點點頭，同意地說：「安穩總是較實在，只是整天夢想着飛天鑽地，反而到時兩頭落空，什麼也抓不着。」

男的趕緊說着：「那你覺得我怎麼樣？是不是很安穩，很實在，很可靠呢。」

女的深深看他一眼，羞怯地笑着。

男的突然覺得十分疲倦。

女的又飲着咖啡。

男的就着吸管，一口氣喝光了，對着女的說：「喝光吧，反正錢還是照付，不喝白不喝。」

女的到底沒有喝完。

男的很柔聲地說：「你什麼時候有空，我們再出來。」

女的點頭。

男的：「你是要留電話給我呢？還是……」

女的細細地說：「還是請林太太代轉。我那電話是房東的，要叫人，不太方便。」

男的：「好吧。我先送你回去。」

女的站起身來：「不用了，我們又不順路。」

男的火了：「不順路就不用送，那怎麼可以。」

女的解釋着說：「不好意思嘛！」

男的：「那以後都不讓我送嗎？而且我也應該知道你住的地方呢。」

女的頷首。

男的付帳後，陪着走出咖啡店，霓虹燈還閃爍太平盛世的喧耀，心裏突然覺得十分充盈的幸福，兩個人靠得這樣近，他不知道這是否就給了他心靈的一股溫馨的力量？而這僅僅是兩個人相處的第一次，以後呢，還有許許多多相處的機會。也許如對方所講的，慢慢來，慢慢來，你總會了解的。到時會因了解而分開嗎？管他的，甩了甩頭，他突然覺得今晚的一切都是空白，什麼都不曾存在過。

媽媽的菊花

黃昏，微弱的光線之下，那畦白菊花更顯得艷麗，好像非等到這樣的時刻，才願意泛放出明亮的、白得那麼閃，那麼光耀地襯托着蹲在地上的素心披在肩上的黑油油的頭髮，任意流灑一片。

「媽咪，媽咪，你在那裏?」

稚亮的童音響刺這一幅近乎靜止的畫面，素心的黑髮拂流過一邊，露出比菊花還白，却白得灰濛濛的臉。鼻翼微微顫動，削薄的兩片唇，無聲地啓開一縫。

「媽咪——」夾纏着狗吠：「媽咪——我找不到你——。」

灰濛的臉像夕陽躲在雲層裏，偶而偷偷溜出一線光芒地笑了笑。隨即又遁隱。天色很快地暗下來了。

素心繼續工作，狗跑到背後狂烈地叫。

「哈比！你跑到那裏去了？媽咪，你在那裏？」

狗又對着孩子的聲音的方向急奔而去。

「哈比！哈比！你跑去那裏？媽咪呢？」停頓一下，接着尖吭地嚷：「媽咪，你在這裏種花？害我找不到你，我好想你哦，媽咪！」

孩子緊緊摟着素心的頸子。素心掙動了一下，又繼續挖着土。

「好臭！媽咪，你埋這些魚骨頭在土裏做什麼？」鬆開了雙臂，孩子好奇地蹲在旁邊，瞪着鋁鍋裏那堆魚骨。

「媽咪？」

「嗯？」

「我在問你，你都不聽，你埋這些魚骨幹嘛？」

素心回過頭，想張臂擁抱孩子，又想起滿手魚腥便縮了回去。只用手背拂了拂額前已汗濕而披覆的髮梢。

「這些菊花要吃魚骨頭，像哈比一樣，才會長得大，花才會開得漂亮！」

「那花爲什麼不吃青菜，也不吃肉？」

「它們喜歡吃魚骨頭。乖，不要吵，讓媽咪把這些埋完了，再去吃飯，好不好？」

「好。」

孩子蹦蹦跳跳地離開，突又掉轉身，看見狗兒在嗅聞花根部份，並用前爪去扒。

「哈比！你要死了！你要把媽咪的菊花弄壞了，看媽咪不打死你才怪，來！」

說完，一前一後地逐跑着。

望着逐漸遠去的背影，素心搖了搖頭，心想：

「做孩子真幸福，什麼都不必懂！」

等到她整理好，天色已經全黑了。囘到客廳，小孩蜷縮在沙發上，那隻小白北京犬，也躺在地上。她覺得好像室外的涼森也被自己帶了進來。扭開電視機，嘩啦啦瀉出來一大堆熱鬧的笑語，暫時祛除了那股涼意。

「媽咪，我肚子好餓！」

「嗄？肚子餓了？」

這麼晚了，素心抬頭看了壁鐘，才發覺已快六點半了。匆匆地弄了幾樣菜，讓孩子吃過後，一個人慢條斯理地挾食着碗裏的飯粒。好幾次把筷子送進嘴裏，才發覺並沒有挾到飯粒。她突然覺得鼻頭酸楚，略一抽搐，幾點眼淚便滴到碗裏頭了！

「媽咪，快來看啊，這卡通片好好看！」

半晌，沒聽到囘音，又嚷着：

「媽咪，快來看啊！奇怪的媽咪，吃飯怎麼吃這樣慢，好奇怪！」

「好，好，媽咪就來！」把碗裏剩下的大半碗飯，攪拌肉湯，倒在小塑膠碗裏：「哈比，來，來吃飯！」

小狗蜷伏着不動，孩子把它抱了過來：「哈比乖！快來吃飯，媽咪給你弄了好吃的呢。」

孩子撫摸着小狗那一身白毛，她撫摸着孩子的頭髮，一股憐愛的情意油然而生。

「讓哈比自個兒慢慢吃，媽咪去給你放熱水洗澡。」

「好。哈比快點吃，我洗過澡再來陪你玩！」

洗過澡的孩子身上一陣陣的香皂撲進鼻裏。她覺得那股皂香，活像黏在鼻端似的，久久風吹不散。而又香得那樣沁入心脾，一冲一激，非要把淤積在胸臆的那團鬱悶給挖了出來。……真要能把它挖出來而摔碎，倒也好了。

素心把孩子緊緊抱着。電視上演的公主王子的愛情故事，一幕幕跳進眼裏，一幕幕幻成自己的歷程，細想起來却迷迷離離的，內心空蕩，愈發把孩子摟得緊。

孩子一怔，驚詫地扭脫她的臂彎。

「媽咪，你把我弄痛了！」

「哦！對不起，小寶，來，媽咪給你撫一撫。」

孩子剛坐正，突又偏着頭問：

「媽咪，爸爸今天回不回來？我好多天沒看到他了，他說要帶我去釣魚呢？」

素心苦笑。

「媽咪，我要去釣好多好多的魚回來給哈比吃。剩下的魚骨頭，再給你埋在土中，讓菊花吃，好使它長大，好不好？」

「好，小寶最乖了，媽咪一定把菊花養得大大的，開好漂亮好漂亮的花。」

「嗯，可是爸爸爲什麼還不回來呢？」

新聞播報過了，連續劇演完了。小孩開始瞇着眼，呵欠連連。

「媽咪，爸爸怎麼還不回來？我好愛睏呢，爸爸等下回來了，要叫醒我，我要叫爸爸帶我去釣魚，釣好多好多的魚，給哈比吃，給菊花吃，給哈比吃——」

孩子說着說着，再也無法忍耐地，終於睡着了。

蘋果般的臉蛋，酡紅的雙頰，俊俏的鼻子，一小瓣的唇，看來是充滿着溫馨的幸福而入睡的吧！

孩子睡得沉酣甜美，並做了個夢，他夢見了爸爸帶他去釣魚，給他一根小釣竿，一尾尾的小魚就給釣上了。他好高興，裝了滿滿一簍，突然轉頭却看不見爸爸。他很着急，想去找，可是又怕魚被別人偷去。最後決定一個人拖着那簍魚回家。

不知道怎樣回到家的。但一進到屋裏頭，却看不到媽媽和哈比，爸爸也沒回來。全屋子裏空無一物。他覺得好害怕，空曠像一隻猛獸，蹲踞在牆角，準備着吞噬他。他怕極了，拚命地到各處找媽媽，找哈比，可是任他怎麼找都不見踪影。

啊——媽媽會不會在院子裏？可能爸爸先把魚帶回來，媽媽把它弄好了，給菊花吃，哈比可能也在那兒吃吧？

快步地跑到院子。竟也是空曠的一片。媽咪呢？哈比呢？那叢菊花枯的枯，倒的倒。

菊花枯了，菊花倒了。媽媽也不見了。空曠已經以猛獸的凶惡姿態向他撲噬而來，他恐怖地大叫！可是那空曠之獸的巨口還是把他整個人呑噬了！他再度驚極大叫，手舞脚踢地想逃掉，一動就醒了。

睜開眼睛，那空曠之獸已化爲濃濃的黯黑。赤着脚下床，發現臥室的門是關着的，媽咪從來不關門，有一次他也是被惡夢驚醒，媽咪一聽他叫喊就衝進來，從此不曾在他睡覺時關門。

媽咪怎麼沒進來？媽咪到那裏去了？客廳裏是空的。媽咪的房間却透出一線光亮。他喜極了，急忙移動脚步，想投進媽咪的懷抱，哭訴着被呑噬的驚怖。

還未走到房門，滿眶的淚水就被房裏傳出來的激烈尖昂的喊罵聲逼了回去。鹹澀澀的淚水倒流至鼻腔，想喊出的一聲媽咪就被塞住了！

「你不要以爲天天這樣跟那些鬼女人廝混，我都不知道，我只是不想講而已。」

「不想講就不要講！告訴過你幾百次了，說我最近工作很忙，可能要晚點才能回來。你偏偏就不相信。要怎樣你才能相信？」

「每天早點回來，我就相信！」

「告訴你，辦不到！跟你講了我最近太晚回家是沒辦法的。你到底是怎麼了？講都講不清，不相信可以打電話去公司問！」

「我才不要，有什麼好打，讓別人笑話！」

「那就對了，不要這樣無理取鬧，忙了一整天，回到家也不讓我休息，吵都吵死！」

「哦？我無理取鬧？我吵死你了？講話要有一點良心。告訴你，如果不是顧慮到孩子，我早就走了，讓你去逍遙自在，讓你把那些壞女人帶回家來！」

「好吧！你要走就走，又沒人留你！沒什麼事也鬧成這樣子，神經病！」

「好，好，你竟罵我神經病。以前……」

「以前是以前。」

「以前是以前？你現在有了別人，就不需要我這黃臉婆了！好，這是你說的，我明天就走！」

「何必明天呢？現在你就可以走！」

「現在？你叫我現在就走？你有沒有良心啊？你？」

「這是你自個兒說的，我又沒逼你！」

「好，我走！可是孩子你要好好照顧他！」

「你放心，孩子是我的，我會找人來照顧他！」

「好，我現在就走！」

素心推開門，看見孩子雙臂抱着膝蓋，坐在門旁，從房間的燈光，可以清楚地看見淚珠一串串地掛滿雙頰，晶亮地映出孩子那一張俊俏的臉，好不凄楚！

心坎兒一陣刺痛，趕緊抱着孩子，母性的眼淚便滴落了。

「小寶，你怎麼了？幹嘛赤脚？這樣子會着涼的。」

孩子摟緊素心說：

「媽咪，媽咪，你不要走，我好怕！」

「媽咪不走，媽咪不會走！媽咪永遠在小寶的身邊，小寶不要怕！」把孩子抱到床上，輕輕摟着拍着。

孩子感受到了母親的溫馨，漸漸地懼怖之心減褪，睡意來了。

「媽咪，你不要走哦，你不走，小寶就不怕了。」

「小寶乖，媽咪不會走，媽咪永遠陪在你身邊，快點睡哦，小囡囡，快快睡，一瞑大一寸，快睡，快睡，媽的好寶貝，快睡，快睡……」

唱着唱着。低低的催眠曲竟變成了啜泣。素心掩着口，不敢讓孩子聽到。可憐的孩子！媽媽就要離開你了！

孩子已經雙眼闔攏，突然又醒過來說：

「媽咪，不要哭，爸爸欺侮你，小寶長大了，一定會幫你，媽咪，你不要哭哦！」

「好！好！媽咪不哭，媽咪等你快長大，小寶乖，小寶快快睡，睡吧，睡吧，一瞑大一寸……」

凌晨，孩子一睜開眼，就喊：「媽咪！」

可是沒人答應。躺在床邊的小狗敏捷地跳了上去，舔着他的臉：「哈比，媽咪呢？」

一聲高吭地：「媽咪！」依舊沒人答應。

他急了！

客廳只有文虎在看報紙，看見孩子進來，便把報紙放下，以爲會像以往一樣地廝纏撒嬌，沒想孩子却一股腦兒便鑽進厨房！

厨房浴室院子都繞了一圈，不一會兒，氣喘累累地對着文虎嘶喊：「媽咪呢？媽咪到那裏去了？」

文虎奇怪着清脆的童音怎麼會變得這樣尖吭？

「你媽到外婆家去玩了。」

「我不信，媽咪去外婆家，都會帶我去的，我不管，我要媽咪！我要媽咪！」

「告訴你，你媽去買菜了！」文虎開始感到煩躁。

「沒有，沒有啦，媽咪才不會一個人去買菜，我要媽咪，我要媽咪，你要把媽咪還給我！」

拉扯着衣袖。

文虎對孩子的拉扯，冒出熊熊怒火，一巴掌就揮了出去。

「告訴你，聽不懂？是不是？」

孩子從小就不曾挨過這種重擊，只覺得天突然黑了。一羣一羣的星星在亂跳！耳朶嗡然響鳴。他瞪死兩隻大眼，却不曾哭出一聲！

文虎逕自穿好了衣服，走出門前，丢下一句話：

「等下，我會叫個歐巴桑來，你要乖一點。你媽隔幾天才會回來。」

媽咪隔幾天才會回來？哈比，媽咪可能不回來了！

媽咪，媽咪不回來了？

哈比，媽咪不要我們了！

小寶邊對着小狗說話，邊哭了起來，哭過一陣子，哭累了就睡着了。

沒好久，小寶就被哈比吠醒，睜開眼，却看到一個身軀龐偉的歐巴桑站在門邊窺視，朝着他笑說：

「把你吵醒了？我沒想到這小狗會叫得這麼大聲。」

小寶不理她，站起來就往外走，直到大門口，歐巴桑突快步上前抓住他的手臂：

「你去那裏？」

小寶用力掙脫，大聲嚷道：

「我要去找我媽咪，我要去找我媽咪！」

歐巴桑順手把門鎖上：

「你爸爸交待不能讓你出去，還是乖乖在裏頭吧！」

小寶哇啦哇啦地哭鬧着。

「我要媽咪！我要媽咪！」

歐巴桑搖搖頭，逕自去打掃，小寶鬧了一陣子，就默默地回到他的房間。

文虎下班回來時，歐巴桑剛在燒飯。他坐了一大會兒，才想到怎不見孩子？

「他一整天都躲在房裏，也沒吃飯。」歐巴桑頭也不回地答道。

這怎麼行呢？

打開房門，孩子兩顆眼睛就像受傷的猛犬，凌厲無情，充滿了怨恨。面對這雙眼，他竟然感到心底冒生怯意，默默地關上房門。

囑咐歐巴桑把飯送到房裏，他就又匆匆地出去了。

接連幾天，他總會接到歐巴桑的報告，知道孩子又開始吃飯，就不再多問了。

小寶每次吃飽飯，總會向歐巴桑要一些魚骨頭，問他要幹什麼？却是搖頭不答。

歐巴桑起先以為是給小狗吃的食物不夠，就特意把給小狗吃的食物調弄得異常豐富。可是孩子還是吵着要魚骨頭！

孩子每次一拿到魚骨，就喚着哈比，快步地跑到花園裏，歐巴桑看見孩子蹲在菊花前，狗猛搖着尾巴，不知是否在啃骨頭？那叢菊花雖有幾株已經開始枯萎，可是其餘的，仍白艷得耀目。

一看到那叢菊花，歐巴桑心裏總覺得怪怪的；就像這天氣陰陰暗暗，說不定就要下雨了。

隔天，竟真的飄起雨來了，這天氣是下一陣雨冷上一層。文虎有天提早回家。却看到歐巴桑在給孩子擦頭，這麼冷的天氣，幹嘛給孩子洗頭？

眉頭一皺，還沒開口，歐巴桑就嘰哩呱啦地說了一大堆：「這孩子真奇怪呢？下雨天還在給菊花澆水。全身都淋得濕漉漉的。我把他拖進來，可費了一番勁呢？那隻北京犬也濕得皮毛全垂下來，我把它關在浴室，等下再……」

下雨天還給菊花澆水？這孩子到底在想什麼？他心裏打了個結。隔着玻璃窗看出去，那叢菊花，雖然被雨冲掉了一些花瓣，可仍然白得艷艷閃閃，白得十分怪異的……。

心底的結隨着菊花的泛黃枯萎而漸擴大，是該把孩子的媽勸回來了。文虎想及要把這神經質的太太勸回來，心裏就有點兒不大情願。雨繼續下着，就一直沒去。唉，等雨停了，再說吧。

兩天後，雨仍下着。歐巴桑打了個電話給他，說有事要請半天假，文虎只好冒着雨請假回家。雨雖細密，頭髮仍全給弄濕了。一到家就趕緊抓了條毛巾擦拭，突然想到那天小寶也在擦濕髮，咦？小寶呢？

孩子在院子裏，蹲在那叢枯殘的菊花前，不知道在挖些什麽？雨仍綿綿下着，這怎麽行？文虎氣急敗壞地跑出去。

孩子看到他衝過來，嚇了一大跳，連忙站起來，右手的菜刀便掉落在地上。拿菜刀？左腕上却是一片驚人的殷紅。文虎急忙掏出手巾，擦掉那片殷紅。傷口處馬上現出一排齒痕，深而整齊。

齒痕？而不是菜刀傷的？文虎驚怖的看見被孩子挖鬆的土中有一撮白得艷艷閃閃，白得十分怪異的……狗毛！

青囊夜燈

1

吳押獄捧着碗，呆呆出神。一會兒低下頭，扒了幾口飯，又停住了。想了想，索性放下了碗。用手撫摸着頸後的那塊肉瘤，臉上綻開了笑容，春陽初露，讓吳妻緊繃的心絃，隨之一鬆；不也沒事嘛！看他笑得這般地。可是今兒個怎會如此失魂落魄？這春陽却也只露了那麼一面，又躲回陰霾厚層裡。吳押獄嘆了口氣，搖頭吁嘘。燭火被嘘得閃搖不停。

又是怎麼了？吳妻放下碗，起身倒了碗熱茶給他；大概又碰上不如意的事。要不，又是椿寃獄吧？時常告訴他，犯不着爲那些犯人操煩擔憂的。真要是寃屈難平，也只好怪自個兒運氣不好，前世沒燒三把好香，碰不到好官兒。這又不是我們做獄卒的所能幫忙。把犯人看管好倒是正事。充其量，對待犯人好些，和顏悅色點，也就罷了！

吳押獄呷口熱茶，神色稍稍安定。拉起妻的手，往那肉瘤上摸。

「你覺得它又大些了?」

「沒有啊！」怪了，難道是?!急忙地問：「是不是大夫們說了什麼?」

猛力搖手：「才不是，那些庸醫只曉得亂嚇唬人，就是說死人都被醫活了，我也不信！」

「那是?」

「我今天碰到一位大貴人，他可是鐵口直斷，他說：『不要以爲這是個良性瘤，如讓它繼續長大蔓延，不出三五年，可能就會惡化生膿，到時，整條脊骨被膿浸蝕，人就動不了。』我是一驚，可真不得了，連忙求他，他倒是一口答應，一想到這多年積患，就此去根，不由滿心歡喜……。」

「啊呀！這可不是天大喜事嘛?」吳妻喜形於色，眉眼飛揚，突又想起：「可是，你又爲何愁眉深結?」

「你可知道那人是誰?」又長長嘆口氣。

「是誰?」

「是神醫華佗?」

「呀！就是曾醫過廣陵太守陳登老爺的嘛?據說他醫術精湛，冠絕天下，這又如何會令你……

……對了，丞相曾傳過他來醫頭風病。是否無法抽空爲你療治才感心煩？」

「這倒不是。你猜我怎會碰到華佗的？」

吳妻側頭想了想：「莫不是他來獄中探看病犯？要不然他身處宮中，怎能會有此機緣？」

吳押獄意味深長地看了他妻子一眼，才悠悠地說：

「他是來獄中沒錯，不過，不是來探看病犯，而是……」咽了口水，又說：「他被丞相下令繫獄！」

吳妻大驚：

「啊！怎麼會?!」

吳押獄點點頭，低聲道：

「他的罪名可大哩！陰謀暗害丞相的性命。」

「啊——天！」婦人這一嚇，可真連五臟六腑全給攪滾成一堆。

「噓——輕聲。」

「那，那，豈不是該問斬!?」

「吔，你大驚小怪幹啥，小聲點，當心被人聽了去，你我夫妻可擔不起這背後私議謗讖之罪，你不知道有案例；偶語棄於市嗎？真是，到底是婦道人家！」

「其實，其實丞相的脾氣也是……。」

「你却又來了？」

「啊，啊，我沒說，我沒說什麼。」看到丈夫鐵青的臉色，連忙改口：「那他是不是沒有時間替你醫治了？」

吳押獄嘖了一聲：「這倒不是，我向押他來的衞士打探詳情，據說他建議如要根治丞相的頭風，必須要剖開頭骨，取出風涎。你說頭骨剖開了，人還能活嗎？簡直匪夷所思，也甭怪要被下獄了！」

「難道，難道他也要用利刄替你治瘤嗎？」

「正是，他說要用刀割開，這萬一流血不止，該又如何？我這些年來身子愈發佝僂，但還不至於行動不便，却又何必冒那大險？再說，華佗的怪習性甚大，像郡守，明明可以告訴他盛怒後吐幾口黑血，即可痊癒，却偏偏作弄一番，才治療好。而且華佗的診費傳聞頗鉅，也不是我們可以負擔得起……」

吳妻詫問：

「他人身在獄中，要診金何用？」

「咦呀，你真是不諳世事，難道他不會着信要他家人前來支取嘛？算了！算了！等真的病發作了。受不了時再議吧！」

吳妻嗟嘆：

「這可怎麼好，這可怎麼好？」

吳押獄苦笑搖頭，情不自禁地又伸手去摸那瘤塊。

2

吳押獄習慣地用手往那瘤上按着，輕輕的一寸一寸往下壓。

斜躺在乾草堆上的華佗問着。

「怎麼？會痛嗎？」

吳押獄一怔，馬上答道：「不會，不會痛！」

蓬散的鬆絲中，眼光依然烱烱有神！整個人却有氣無力地軟塌着。許久未曾見過移動身軀，若不是那眼神，真會以爲……吳押獄却覺得那眼神銳利如刀，令人無從遁形，尤其這樣劈頭就問，更覺無法猜透到底是爲啥這般關心？一不帶親，二不沾故的。

華佗絲毫不察吳押獄的驚怔，只淡淡地說：

「不會痛就好！如發痛可棘手了。」

吳押獄慌忙連聲道：

「不會痛！不會痛！真的不會痛！」

華佗凝神注視着他，片刻，才點點頭說：

「或許吧！但這瘤終久會發作的，如果掉以輕心，真會後悔莫及，若不是……」語音打住。

吳押獄楞在一旁；心想：這巫醫一道，眞是信口胡言，唬人的居多，但華佗却又這樣確鑿地說得淸淸楚楚，要待不信嘛，却又難以消釋，到底那瘤確實存在，確實黏長在頸子呵！

斜眼看那華佗閉眼闔嘴，不再說話，便悄悄退了出來，殊不知外表看來似憩息將養的人啊，內裏却有如波濤洶湧，思潮一波一波地拍擊那慈憫的醫者之心！

「若不是……」

剛剛未曾續完的話，一句句地展現在腦際裏；

若不是我華佗生來就是這樣的脾性，今天也不至落到這種地步吧！誰叫我看見疑難絕症，便忍不住想要去根掘底呢？當初就不該答應曹阿瞞的……當初就不該……就不該……

愈想是愈怨啊！愈怨就愈是思想得多——

「老爺，老爺，外頭有位官差來找您！」

「哦？是來看病的？」

剛診過一位病患微弱的脈，出了汗的手在水盌裏細細洗拭着，水液的沁凉使得指梢透過來一陣舒適。可眞想多浸那一會兒，把個舒爽全給揾在心頭，不再這樣鬱鬱，梗塞個什麼似的。

「不是的。老爺！他不是來看病的。」

「不是？那他有什麼事？老夫應該是和官差打不上什麼交道才對？」無奈地抽出手，擦着布。

「他不肯說，只是一逕地要見老爺您！」

這，一定又是那個大官派來的！華佗氣閒神定地聽完那官差說明來意後，才大大吃驚——怎麼會是？

「現在就走嗎？」試探地問。

「是。」

「可是我這兒的病人，還有藥材等等，也需要整理整理。」

「這個當然，只要華先生答應了，我就坐在這兒等。」

「要是我不答應呢？」

「這個，這個……」

那官差臉色變得十分蒼白，吱吱唔唔地說不出話來。

華佗無言地看着對方，彷彿從其臉色要看出官差的內心，看得那樣平靜而專注，那官差却愈加忸怩不安。

突地——

官差雙脚一彎，撲通地跪在華佗面前！

華佗那酌紅童顏猛地漲得血紅；許多人爲了親屬的病，曾跪求過他，但這官差却是……不知道該憐憫他，還是鄙斥？

「您快請起，這樣大禮，華某受當不起！」

「先生若不答應，我是決定不起來。」

「這個嘛，」華佗猶疑不定。待要答應他，又恐這一來，時間不知要化去多少，而且據傳聞，這頭痛由來已久，時癒時發，一時間要立刻藥到病除，怕非易事。華佗不由踱起方步來，要去嘛！我的醫術是該給更多的病患醫治，總不成寂寞深宮鎖清秋，待不去嘛，這管差如此糾纏，眼前這一關看着就過不了……

「先生再不答應，我這條命就算完結矣！」官差唏噓欲泣地說。

「官差爲何如此說法？」

「先生不知道丞相的頭風一發作，脾氣馬上變成壞得不得了，稍有拗逆不順意，便下令禁錮殺人！先生不去，大王頭痛難忍，豈非怪我辦事不力，首先便將挨刀嗎？」

華佗靈光一閃；此話倒是有理，若能將曹操的病根去除，頭痛不再發作，身心曠達，或許能化乖戾爲春風，減却不少爭戰烽火，天下蒼生或能過幾天的太平日子。哪！想到此，不禁重重一嘆。

官差聽得深嘆聲，以爲仍不肯答應，臉色青一陣白一陣，閃爍不已。不料華佗接着伸手扶起他，說：

「起來吧，我答應跟你去就是。」

官差大喜，連連打揖：

「多謝先生，多謝先生，先生實乃我的再造恩人！」

華佗回禮：

「您且坐坐，待我收拾一下，你我便可上路！」

剛轉過身，便聽到那官差喃喃說道：

「好險！好險！這條命總算檢回來了。」

華佗聽了，微微一笑，那笑容竟異常蒼涼！

3

巍峩的宮室，雕龍琢鳳的簷柱，森冷青石鋪成的地面，衣飾齊整佩物鮮亮兩排站列的文武官員，雪雪艷耀的兵器，這一切和方巾濶服，背着青囊的老人對比是多麼的不調和、不相襯呵！

儘管這樣，老人依然以他的淸楚的，簡潔有力的步伐走了進來。每個人都露着因吃驚而摒住呼吸因而漲紅的臉，却沒有發出一滴聲音，周遭靜得死寂。老人的步子就像大槌，重重地敲擊每個人的心！

這老人到底是誰？爲什麼如此寒陋的穿着？憑什麼進來的？進來又要做什麼？那偌大的靑囊

裏裝了什麼?????疑惑排了一長串;老人却安詳地穿過,直至深苑。

幾重簾幕裏,透出蒼邁威肅的語音:

「神醫來了嚒,快請上座。」

聽到「神醫」兩字,老人不由微微發愣,原以爲會傲冷得逼人千里之外的,不料……心裏乍喜,看來我這一趟並沒白跑,可能收效甚大哩。

簾幕揭開,呈現眼前的人,面目清瘦,在眉間竟流竄一股梟黠之氣,只是病懨孱弱,梟黠之氣並不十分明顯。語調雖軟,那威肅口氣仍在:

「神醫遠來辛苦了。」

「賤民不敢,賤民萬幸得能服侍丞相,誠民之福。」

診脈過一陣後,華佗恭謹地視問詳情:

「丞相之疾,非一時不慎所致,乃長時期憂煩奔波累積。憂煩足以心結不暢,心結不暢,自會頭暈,外加長年奔波疲乏身軀,雙管齊下,病情不謂之不重。不過,丞相請寬心,這藥喝下後,自可舒暢。」

華佗說話時的表情雖卑屈,嘴角依舊高傲翹着,行禮時雖躬身彎腰,脊椎骨却高傲挺着,語音細聲慢說,心裏瀰漫傲氣!

對方才點點頭,便又退隱至簾幕裏。

華佗徹夜秉燭苦思，這病可真是難見呵！患者既要是飽讀詩書，時時費腦傷神，又非像這樣不世之才，擔負天下大事者，這病情倒真的一時難以說得清楚，總之集文才武功於一身，殆非好事唉？

詳細探問病情，下了藥，再觀看服過藥後的情況，逐漸地斟酌更換藥份，曹操的賜宴一次比一次豐盛，華佗的心情一次比一次沉重。

宮殿的金壁輝煌改漆了，官吏們的服飾不再鮮明耀目，連那幾重簾幕也換成素雅的。內外更禁止喧嘩，一切的刺激之物全已撤換。這是華佗的建議，可是再怎樣的小心謹慎仍抵不過曹操看件公事所發的一頓脾氣！肝火愈是上昇，頭痛就加劇，頭痛一加劇，肝火就愈往上昇！這一來所下的藥份就必須加重。重到下針時，手都不禁會發抖。

愈是如此，曹操愈是倚重他，頭痛一發作，馬上非傳他到身邊來下針不可。有次，傳喚時到得慢了些，魏王當着衆人面前，大聲怒喝，鄙斥道：「鼠輩！」

華佗發現那次抓藥時，手心竟會沁汗，這曹操並不是病患發痛時所生的怒氣，而是，根本，他就不曾把我當成人看待嘛!?這算什麼?這算什麼?

過後，曹操賞賜了許多財物，面對這些光輝灼目的財物，華佗輕輕苦笑。我就只值這麼些財物嘛?還是這些財物真能值得我的尊嚴的失落?

自始而來，誰曾在我面前大聲喝斥過?

我真的是鼠輩?!見不得人的?一不爭功,二不攫利的,如果不是那官差苦苦相求。我又何必前來?你曹阿瞞真認爲我是那麼樣奴性的人嚒?招之則來,揮之則去!?也不想想我那幾支小金針去掉你多少痛苦?我那幾盞磁青小瓶的藥增長你多少身心舒適?

你若不喜歡我的醫術,儘可以說啊!儘可以叫我走啊!立卽走出這宮室!如果我稍有戀棧,你仍可驅我走啊!何必?何必!?高興時口稱「神醫!」不高興時馬上惡聲怒斥「鼠輩!」這長久相處,常年侍候,搞不好隨時可叫人性命危殆在片刻。這樣的陰晴不定,怎不叫人寒心?

咦!?對了!三十六計走爲上策,我爲何不走?

對!走!好極了,華佗欣喜若狂地開始整理藥物,待理得快妥善了,才又覺得不妥!?我這邊一廂情願想走就走!曹阿瞞那裏又該如何搪塞?總不成說我不喜歡替你治病,我要走了!

要找怎樣的藉口呢?旣要合情,又要合理,要不然以曹操的多疑心病,萬一措詞稍不妥當,惹禍上身是卽時就到來的。咦呀,這倒也是件苦惱事兒!

華佗憂焚於心地繞了好幾個圈,還是苦思不得。只好坐下來,面對那堆藥物發愁,看着看着,突然,靈光一閃;有了,這個理由好,旣合情又合理。

就這麼辦!

定了定神,把藥物一逕整理好後,就只等候曹阿瞞來傳喚了,他希望着曹阿瞞這次的頭風發作得愈凶愈好！到底，無論多麼堅強的人，在強烈的病痛侵襲之下，意志力一定會減低至最弱吧！

想到自個兒竟會卑鄙到希望病人痛苦愈大愈好，不禁竊笑；華佗啊華佗，你平時儘斥笑着那些爲錢罔顧人命的庸醫，而今你呢？豈不自打嘴巴？

一切都整理好了，華陀慢慢地瀏覽這間藥室，寬敞而用具齊備，比起家裏的簡陋狹窄，不知要方便多少。雖說這只是暫時使用，可是臨要走了，仍不免悽悽；那精銅輪刀，那一格格的木橱，尤其那小巧的玉石杵臼；華佗細細摸娑把玩，如果能爲已所有？……

「華先生，華先生！不好了！」

一位內侍如以往一般地慌慌張張闖了進來。

好了，終於來了！終於被我等到了！

按捺不住內心那股強烈的欣喜，却故意放慢脚步，拖得那內侍焦燥萬分，不斷地催促着，華佗反而走得更慢，還歇下來喘幾口氣，對那內侍搖搖頭說：

「人老了，總是比較不中用呵！」

看到那內侍無可奈何，啼笑皆非的神態，內心暗暗得意：「這就算作我的臨別誌念吧！」

但是他的遁詞辭別，並不如他所想的那樣直接便截並被允准；劇烈頭痛後因而顯得十分衰疲的曹操聽完供述，瞑目想了想說：

「真的必須回去嗎？」

雖說已經將那套語詞在心裏背得滾瓜爛熟，仍直冒冷汗唯恐疏漏地再說明必須回去的理由。

曹操點點頭，微弱地說：

「好吧！你回去一趟也好，但要早去早回！」

態度端肅地答道：

「小民一弄妥善，即時登程，丞相在我途中，如再發作，我這裏預留幾份藥，可供不時之需。」

「勞神了，這樣吧！我派快騎護送神醫回去，然後他們就住在那兒，等您一弄好，馬上又可回來，免得舟車勞頓！」

華佗一聽，暗暗心驚；也只好如此了！恭謝賞賜後退了出來，抹抹額頭冒出的汗，好險！好險！差點就脫口說出不必護送回來。看來只有先回去再說了！

4

最後一批快騎回來禀告曹操，華佗因爲妻子生了重病，一時無法回來服侍時，曹操心裏就有點不太舒坦：難道說她一個醫生妻子的病，會比我這權傾天下的丞相的病還更重要嗎？事情又怎會這麼巧？第一批快騎回來說：一時找不到藥方可配。現在又……這人真是……一點責任心都沒有，萬一病再發作怎辦？

才剛心裏這樣嘀咕，那晚就發作了一陣比先前更加劇烈無比的頭痛，整顆頭顱簡直要脹裂開來，痛到後來，整個人抱着頭，在床上翻滾不已。還是煎服了華佗留下的藥，才慢慢平復。

思想能夠凝聚之後，曹操想及這一次的劇痛，不禁冷汗淋漓，驚恐不已，如果照這樣再來幾回，豈不，豈不，痛殺我也？再想及華佗如仍在身邊，這顧慮不就沒有了？想想隨即下床來，頭仍有些昏眩，曹操手撐着頭部，振筆疾書，催華佗即刻返回。

書信發出後，頭不曾再痛過，曹操遂把這件事漸漸淡忘。但再次而來的頭痛，他徹夜的哀號使整個宮室陰風慘慘，人人莫不噤聲躡足，唯恐發出一絲些兒聲響。

翌日，曹操把送書信的差役狠狠痛責了二十大板，修好第二封信。依舊照前；送信的差役還是受到重責！

第三封信還是毫無音訊！

曹操深覺納悶，難道說：書信都沒有送到華佗的手上嘛？也好！下了道敕令給郡縣，要他們送旅費至華佗家，並等其諸事料理完善後即刻登程。

沒想到華佗依舊不來。

曹操覽畢郡縣的呈文，勃然大怒！這賤民真是可惡！我三番兩次書信去請你，你都不睬。要郡縣發送你來，你也不理！真正是欺我太甚歟！遂命人暗地查訪，看華佗之妻是否真的病得如此沉重——讓華佗片刻都離不開？

人派出後，曹操反而猶疑不決；如果華妻確實重病。華佗又無法前來，只有另請高明，或是請華佗配藥而派人去取，等華妻病癒後再說，如果是訛詐呢？哼！哼！鼻孔裏透出兩股寒氣，旁立的內侍都不由地打了個冷噤。

訪查的人終於回來了！

恰好那天曹操的頭隱隱發痛，眼看一陣更劇烈的風暴就要展開了。很緊張地馬上召見了那訪查之人，聽到那人報告後，臉色變了，變得青白陰森：

「真的嗎？你查得很確實？」

「小的不敢瞞騙丞相。」那人嚇得慄抖不已。

「好，很好，辛苦了，你先下去吧！」

好！你這賤醫，竟敢罔視我的徵召於先，又敢亂編理由瞞騙在後，我如不把你千刀萬剮，怎能消我心頭之恨呢？以後，誰都可以亂編個詞兒來騙我的吧！那我這個做丞相的算是個什麼東西？每個人都可以把我誆來誆去，命令還有人會聽嚒？國法還能維護？王權還能存在？……

倒不如……

但是要殺了他是容易，找個人來頂替他醫病可就困難了，左思右想，想不通該如何是好？

這一大費腦神，又滿懷怒焰中燒，頭痛更如影附形地隨之而來……在劇痛之中，曹操下令了！

十萬火急地，不管華佗是否要來不來，先行逮捕再說。

這一次，整整痛了三天三夜才稍平緩；直到華佗被帶至大殿，曹操仍撐着頭，痠痛不已。緩緩地道：

「神醫，你來了？」

一路上驚悸不已的華佗沒想見到面會是這麼平靜，強行攝住內心的波動；看來這傳聞梟黠之雄的人爲了病還是不得不容忍吧？我這條老命算是撿回來八成了。

捺不住那股欣喜浮現於唇角，躬身道：

「賤民奉丞相之命，不敢不來，雖民賤內有須臾歸天之虞，民仍奉召快騎趕至。怠慢疏忽，萬望丞相見諒！」

曹操笑着揮揮手。

華佗見此，再說：

「丞相近日頭疾是否已然稍癒？民十分掛懷。」

曹操以懇摯的聲調說：

「那有痊癒？奇怪呢？發作的週期更縮短了，就是痛楚也比以前更來得凶猛！」

華佗聽了，沉思片刻，問道：

「藥是否按時煎服呢？應該是不會這樣才對。」

曹操搖搖頭。

「藥沒有按時煎服，因爲每次服下，便覺神思惘惚，無法專神辦理國事。我這回着急召你前來，就是希望能夠謀求一個根治的辦法，這樣週而復始地一直疼痛下來，到底不是個良策吧！」

「是啊！是啊！」歇住一會兒，又說：「民亦是如此想：只是……只是……」停下不語。

曹操急着問道：

「只是，只是怎麼了？你快說啊！」

華佗趦趄許久，才說聲：

「民實在不敢說！」

曹操改用勸慰的語氣說：

「慢慢說，慢慢說，就是說錯了，也沒關係吧！」

華佗這才放心，說：

「這樣，我就斗膽直言了。」

「丞相的頭疾由來已久，而先前發作時，未曾及時治療，在腦中已成形一風涎，必須用利斧剖開頭骨，取出風涎，方能斷根，永時不再發作……」

話未說完，就聽得曹操霹靂一聲喝道：

「大膽狂徒！」

華佗大驚，猶待辯說：

「丞相！這是肺腑之言，還望息怒！如不欲剖骨……」

曹操怒道：「拿下這狂徒！」

華佗急惶掙扎地說：

「丞相！丞相，這……您剛剛不是說，就是說錯了，也沒關係嗎？怎麼現在就……。」

曹操清瘦的臉上罩了層寒霜，冷冷說道：

「不錯，我是說過這話，但我如不這樣說，你怎會露出這謀害的心機呢？」

華佗結結巴巴地：

「民那有什麼謀害丞相的心機？這……這……這真是，從何，從何說起？……」

曹操眼中寒光一閃，厲聲道：

「你還待狡辯？我試問你，人用利斧剖開腦骨，還有命在嗎？這樣淺顯的道理，就是三尺孩童也知道的。你還想騙我，不說別的，就說這剖骨之痛，任他如何鐵打銅鑄之人，也承受不起，何況……」

華佗急忙辯道：

「丞相息怒，這是藥理，民也曾用此法醫好過人啊！」

曹操冰着聲音說：

「是啊！你是醫好過人，所以你想再用這方法，我就不會起疑心，而被你殺害吧？我且問你，你說回家取藥方，爲何遲遲不歸？累書呼之，不至，要郡縣發遣，不來！說看看：爲何不來？」

華陀這才恍然大悟；原來，原來是這樣！癥結在此。遂試笑着平緩地說：

「民本取了藥方卽刻前來，無奈賤妻臨時身染重病……」

曹操獰笑着說：

「是這樣嗎？真的是這樣？？？嗯？我看不是吧？我派去查訪的人大概不致於像你一樣，敢訛騙我吧？嘿！嘿！」

聲音像是從地獄裏發出來的，華佗頓時覺得有如身在冰窖，全身的血液全部凝結了停止流動。

「你說呀！你說話呀？我來聽聽你到底還有何話可說？說啊！」

華佗至此，方知一切都已完了，縱有舌燦蓮花，也無法說淸了。可是……可是……曹操怎麽會派人去……這個人真是……唉！

曹操笑了，像猫戲玩過一陣子後，看着精疲力竭，再也無法逃命的老鼠似的笑了，心滿意足地準備呑噬了。

「怎麽樣了？華神醫？我偉大的神醫？你還有什麽話說？說啊！說啊！儘情地說，放膽地說，說你受了寃屈，說我錯怪了你？嗯？怎麼了？說啊！」

華佗雙眼瞪着地上，然後，慢慢地，高傲地抬起了頭，不發一言，態度是那樣倨傲不馴，高貴典雅，銀髮下一張紅臉漲出了光輝，閃爍灼目！

曹操見了，暗暗生恨；死到臨頭了，還裝出這麼樣一幅凛然不可侵犯的樣子，相比之下，好似我是多卑鄙似的。好，你高貴吧！你驕傲吧！也沒多少時刻了。因爲我馬上就要下令了，用黯黑的牢房囚禁你的高貴，用凶惡的拷訊磨掉你的驕傲！到時，我相信你會伏在地上，用你那高貴的嘴唇來吻我這卑鄙者之脚的！

「來人呀！將這無信的匹夫，狂妄的陰謀者打入大牢，並着人細細拷問，看背後是否有人指使，不然怎敢如此大膽？」

當華佗被差役帶走時，曹操的面孔浮現一股說不出的怪異神色。荀彧一見，連忙出班奏道：

「華佗醫術方工，事繫人命，宜加全宥！」

曹操聽見後，心裏直叫：荀彧啊荀彧，你明明是看到了我臉上的那股惋惜表情！要不然你跟華佗非親非故，什麼時候，你也知道了人命所關繫的？錯！錯！若不是你這來一說，華佗或等磨掉其傲氣後，還會留其一命。可是荀彧啊，你這是逼孤斷其藥源嘛！我如果答應了，豈不等於宣佈爲了我一己之病而放華佗的？

曹操斷然絕然地說：「不行！」

荀彧一愣。望着華佗的背影，搖搖頭，在心裏直喊惋惜，連嘆了幾口氣！如果他知道過後他會被曹操賜以空簣，而不得不飲藥自亡時，相信他會冒死以爭的吧！到底兎死狐悲，並不是件好玩的新鮮事兒！

5

當華佗被拖回牢房內，那全身的血跡斑斑，不斷的呻吟。吳押獄第一次覺得慘不堪言，對於一位獄卒來說，首先學會的該就是對受刑者的慘狀痲木不覺的吧!?

心中頗感不忍地扶起了華佗；看到滿嘴的汚血，紅臉上烏紫青黑，就連那銀白髮絲也沾黏了一些血塊，就說這華陀是如何的刁劣冥頑，這樣的懲罰是太夠了！簡直可以說是太過份了，一位七、八十歲的老人憑什麼要受到這樣的責罰？就算他真的要謀害丞相，也不需要……

看懷裏扶着的老人呻吟連連，氣息微弱欲斷……咦？怎好像氣息已寂？呻吟也沒有再由口中吐出，難道，難道真已？……這一下非同小可，急忙搖着老人的肩膀，疊聲叫喚着：

「神醫！神醫！你醒醒啊，你醒醒啊！……」

過了半晌，才聽得華佗口中吐出一聲；「唉——」幽怨哀沉，吳押獄的心裏如同雷擊，這一聲嘆！這一聲怨！包含了多少人生的滄桑？

聲調輕柔地喚道：

「神醫，你醒醒啊！你是否感覺稍微好過了一些？」

華佗半睜開眼，點了點頭：

「啊——苦也，痛殺我了！」

「你醒來了就好了，我真擔心哩。」

吳押獄用袖口擦拭着華佗臉上的血漬，忖思着如何來減輕這老人的痛苦？

呀！我怎麼這把糊塗，這老人不就是個現成的神醫，還怕沒有藥可以止痛嗎？

「神醫，快告訴我，止藥痛在那兒，我好拿來給你服下。」

華佗微微搖頭，口裏只說：

「水，水，我要水！」

吳押獄把他輕輕放好，倒了碗熱水來，華佗喝了一口。才說：

「煩您將我那青囊內有一瓷青小瓶，拿來好嗎？」

倒出兩粒藥丸，服過片刻。華佗才幽幽地說：

「多謝吳押獄！」

吳押獄看着他神色稍稍平復，才辭別出牢，並吩咐獄卒去籌妥酒飯，款待華佗！

酒過三巡，華佗放下杯子，嘆氣道：

「我看這生是出去不了。」

吳押獄大驚，連忙說：

「神醫怎麼如此說呢？我相信不久之後，丞相就會派人來釋放你的了！」

華佗一笑，搖頭道：

「這你就不明白了，丞相就是拼着頭痛欲裂，也是一定要置華佗於死地！」

「這又是爲了什麼？」

「我騙了他，這就夠了。」

「我倒是不把生死放在心上，只是幾樁心願未了，才是莫大的遺憾！」

「願聞其詳，若有用得着的地方，還請直言無妨！」

「這個嘛？這個……」華佗瞑思了一會兒：「有了！吳押獄，請您把我那青囊再拿來，好嗎？」從青囊裏翻了一翻，拿出一包藥，遞給吳押獄：「請卽刻服下！」

「這……這……」吳押獄驚疑不定。難道是……呀！莫不是要替我割瘤，可是，可是，我那來的鉅額診金？

華佗看在眼裏，輕輕一笑道：

「吳押獄，且莫驚疑，華某是要替您割除那多年積患，這算是報答您這連日來的服侍於我，只是，割治後，要煩您到敝舍去走一趟，替我拿那本藥册——青囊書來！」

吳押獄想想，這倒不是件難事，遂順快地服下那痲沸散，任由華佗割瘤了。

三天後，吳押獄帶着簡單的行囊，就匆匆地上路了！

一路上，他走得焦急而憂煩，深恐回來時，華佗已不在了，這對一個想替他償付未了心願的人將是個多大的打擊哦！是以他一路上趕得焦燥不已，幾天來，連連怪罪車馬速度太慢，延誤了他的行程。

當他心神交疲地趕回來時，恰好是燈火齊上。片刻也不曾逗留地，就匆匆往牢獄裏走，直至看見華佗仍斜斜躺在牢房裏，方才鬆了一口氣！

華佗欣喜非常的接過青囊書，細細摸娑，並就着微弱的燭光，翻了幾下，又遞回給吳押獄，並說：「這青囊書是我畢生心血所萃，只可惜我已沒有多少時間可以為您講解，但是慢慢看，亦是可以看得懂的！」

吳押獄驚問：

「這……這……神醫又遞給我做啥？」

華佗笑着慈藹光被：

「華某想把這青囊書贈送給您，一來酬答您多日辛勞，二來華某這藥書也有後可傳，不致隨我湮沒，這才是華某最後的心願！」

說着說着，華佗的聲音愈來愈低；吳押獄只聽得清楚的一句：「好了，您請回吧！」

6

吳押獄喜孜孜地捧着青囊書回家。一進門，吳妻看到他回來，喜道：

「相公回來了?」

吳押獄輕哼一聲，便捧着書入房去了。

吳妻甚感詫異。乃隨後跟着入房。看到吳押獄正小心翼翼地用布擦着那書冊。

「相公，這是?……」

「噓，不要吵，馬上就好了，你先去替我收拾收拾好晚膳，一會兒就來吃!」

「你還沒吃飯?」

「嗯，先去弄晚膳，好嗎?我肚子快餓扁了。」

吳押獄狼吞虎嚥地吃了兩碗飯後，吳妻方才問道：

「相公的瘡口是否已經平復?」

吳押獄一口飯還含在嘴裏，語音模糊地答：

「瘡口?我那來的什麼瘡口?」

「相公你是怎麼了?我說的是頸上那個……」

吳押獄恍然大悟，笑着說：

「哦，你不提，我倒忘了。這一路趕得急急忙忙，也不曾留意到，你過來幫我看看。對了，那草藥還有吧，順便去搗爛一些來換。」

吳妻邊換草藥邊問道：

「相公這趟辛苦了，藥書是否已拿回來？」

吳押獄感覺頸上傳來一股涼意，渾身舒適不已。

「拿回來了。」

「神醫之妻有沒有說些什麼？」

「並沒有呢？只囑咐我要好好照料這藥書。」

「有沒有問起神醫？」

「沒有。奇怪，嘿！你不說，我就沒注意到這一點，她神色異常平靜，聽到我要拿書，就拿了出來。半句話也沒多問。難道說她已知道了？」

「嗯，我想她是知道了。你明天去牢裏，什麼話都不必跟神醫說，我猜神醫大概也不會問。」

「你怎麼知道的？神醫真的沒有問。」

「去過牢裏了？」

「嗯，進城後我就直接去牢裏，拿藥書給神醫。」頓了一下，又說：「對了，我要告訴你一件好消息，神醫把青囊藥書傳給我了，要我好好去研讀，以繼承其衣缽！」

「這真是好消息嚒？」吳妻喃喃自語道。

「怎麼不是？」吳押獄辯說：「神醫的醫術冠絕天下，我只要學得其技之一二，就可衣食無慮了，從此不用再過那黑暗的牢獄生活，不用再聽犯人們的痛苦呼號，不用再看那些官差的嘴臉，這豈不是天大的好消息嚒？」

吳妻擊掌歎道：

「我想這就對了！那青囊書既是神醫的畢生心血所萃，自是不肯輕易露示。這麼樣的書既託一位不相識的人去拿，表示神醫已自知絕期爲之不遠，而華妻也知這點。相託之人既可委任去拿，一定也可委爲後傳之人，所以要你好好照料這青囊藥書，而不是要你好好照顧神醫。」

說完。想了想：「奇怪，這華神醫之妻怎會知道？是了！是了！一定是就想到神醫恃才傲物，必不得善終吧！看來這青囊書並非祥和之物，可笑這老殺頭還洋洋得意呢？」暗地就在心裏頭打了個腹案。

吳押獄看到他妻子神色不定，問道：

「你在想什麼？」

「沒想什麼，我是在想明天該去買隻鷄，燉點蔘湯送去給神醫補補身子。」

「對！對！也算是稍盡弟子之禮！」

「好了，去睡吧！你奔波這一大陣子，該睡飽一些。」

「對，喂！明天我不去上班，後天才去！」

臨睡前，吳押獄還興緻勃勃地跟其妻討論今後去職學醫的計劃，任憑其構圖如何美好，理想如何偉大，吳妻只是輕輕一笑，而這笑裏面所包含的意思也只有她一個人知道。

休息了一整天後的吳押獄精神抖擻地進入牢房，獄卒們看到他進來，俱都變了臉色。吳押獄雖感納悶，但仍急着先送鷄湯去給神醫。一到牢房，方才知道獄卒們爲何會變了臉色，原來，原來？……

牢房裏是空的！

吳押獄只覺得全身的血液沸騰了起來，齊往腦部上衝。頓時頭暈眼花？……爲什麼？爲什麼啊？！……

獄卒們聽到提籩喀喇落地的聲音，一起跑了過來，齊聲道：「吳押獄！保重！」

長吸了一口氣，有如死裏活過來一般，慄聲問道：

「什麼時候的事了？前天不還是好好的？……。」

「是今晨送飯時發覺的。」

突然想到什麼的，緊拉着獄卒的手，大聲道：

「昨天，有沒有人進去過？」

獄卒大驚，慢慢地說：

「有啊！是有兩個官差進去過。」看着吳押獄的臉色褪成死白，才又繼續說道：「可是，他們走後，我去送過飯，神醫仍好端端地坐着。」

吳押獄急急地問：「飯有沒有吃？」

獄卒抽脫被緊握的手，說：

「沒有。」

吳押獄聲音十分無奈地說：

「這就是了，可能那時已經死了。」歇了一口氣，「現在人呢？仵作有沒有來驗過屍？知不知道是怎麼死的？」

「仵作是來過了，但是只診了診脈，就說人死爲安，反正這人意謀不軌，妄圖殺害丞相，到底還是個死罪，怎樣死的都一樣！」

「怎麼死的都一樣？真的都一樣嗎？」吳押獄只覺得心在泣血，滴滴淚珠呵滴滴血，全都溶化在一起了。

「現在人呢？」

「已經送去收屍房，可能收埋入土了。」

「我去去再來。」

7

吳押獄拖着蹣跚的脚步，一步慢一步緩的走到了家裏。一進門就坐在櫈上長吁短嘆！

過了一會兒，仍然不見他妻子出來，怪了，這婦人到那兒去了？會不會被官差們……不會吧?!要抓人應該先抓我才對，莫不是……

她到底會跑去那裏呢？

穿堂入室地急急逡巡，才看到她人在灶旁，正在燒火。

吳妻看到他，大驚失色，問道：

「你怎麼這早回來？」並把手裏的東西掩到背後。

她在掩藏什麼？

吳押獄一眼就看到灶前擺的東西，急忙搶奪過來。不錯！確實是……全身像是米篩似的抖個不停，語不成聲：

「你……你……你……。」

竟然被發覺了，索性把掩在身後的，也拿了出來。

「我……我又怎麼了?」

吳押獄搶前一步，把青囊書搶了過來，順手就送了個耳光，怒道：

「你這賤人！你知道你在幹什麼嗎？」

吳妻撫了撫被打的臉頰，不以爲意的說：

「知道啊！我在燒書！」

「膽敢說你知道！燒書?!啊呀！我的天！你知道，唉！你知道你燒的是什麼書？」

「我知道啊，是那華佗的什麼青囊藥書！」

「你知道！你怎麼敢燒掉它！」

「我怎麼不敢？」吳妻的嗓聲也大了。

吳押獄手戢指着：

「你敢?!好！好！你燒掉它，叫我如何向神醫交待！」

吳妻哂道：

「交待？有什麼好交待的，不如叫他再重新抄謄。但要告訴他另外傳給別人，我不要你去學那什麼勞什子的醫書。」

「重新抄謄？」吳押獄洩氣地說：

「華神醫已經歸天了？」

這下，吳妻大感吃驚：

「怎麼會?!」

「所以說，你犯了多大的錯誤啊！你叫我再到那裏去找這樣的醫書，你叫這天下蒼生有了疾患，怎麼是好？」

「咦？這就怪了，天下的醫生又不是只有華佗一個人。他死了也好，免得藥書傳下來，不知要貽害多少人？」

「胡說！藥書是要救人濟世的，怎會害人的？」

「我就說它會害人。你想這藥書如讓你恣意去學，能學得華佗的多少精髓？」

「這又有何關係？」

「不管！你先告訴我！」

「雖不敢會全部領悟，但六成是差不了！」

「好！那你想一想，華佗是不是盡得其妙？」

「是啊？你這話問得突兀！藥書是他寫的，他不懂誰懂？」

「那華佗的下場呢？是不是落得身死獄中！」

「那是他特才傲物，不得人緣，我又不會！」

「你怎麼知道你不會？或許你學通了，變得比華佗更厲害百倍也不一定啊！倒不如安安穩穩做個公務員，領個乾薪水過日，反而更安定呢？」

「但是官場上黑暗不堪，我是難以忍受？」

「你不是已經忍耐了幾十年了，還有多久？忍一點吧！我的老爺，反正你小錯不斷，大錯不犯！這鐵飯碗保證是摔不破的，何必去強求那什麼虛名，硬攫那什麼暴利？安份一點，人生並不很長的。過去了，還不是什麼都是空的！」

「什麼話，什麼話！」

吳押獄氣得跺脚不已。

「婦人之見！無知的婦人之見！就算你不要我學，也不該燬了它啊！」

「我若不燬燒了它，你怎會死心？」說完，轉身淘洗米做飯去了！

「這……這……」

吳押獄急急翻閱剩餘的幾頁，全是些閹鷄閹豬的技法，不禁嗟嘆不已。愈來愈黯滅的灶火就像一盞將熄的夜燈，軟弱地發出微光，漸漸沉黯，惆悵人亡書亦絕啊！

老師父

1

下午六時，定時發送的電來了以後，平田政一和許丙丁才做了個初步的結論，原則上還是從頭開始訊問，一件一件接着來，像剝絲抽繭一樣。問題是犯人本身是否願意合作呢？這一點，兩個人倒是看法相同；不太樂觀，不過信心却都是有的。

平田政一更是拍着胸膊，大言道：「沒問題，我會讓他一件一件，老老實實地招認的吧！嘿！嘿！」

許丙丁當然知道他這保證的背後是什麼，苦笑了笑。

平田看見他笑，頗不以爲然：

「許君不要看不起我喲！我可是老警部的。」

許丙丁彎腰，連稱不敢！不敢！後頭又加了句久仰。兩個人好似聽到了犯人已供述般地突然狂笑起來。

笑聲還未停歇，犯人已被押了進來。

許丙丁看見那五花大綁的形態，皺了皺眉頭，吩咐鬆綁，只把手脚銬在椅子上就行了。

「平田樣，你來吧！」

「好。看我的法寶。」

平田寒着臉，站在椅子前，把鞭梢對向犯人，喝道：

「喂！你是楊萬寶嗎？」

犯人傲岸地正視着平田，那傷痕滿佈的臉上，竟有一股凜然之氣。對平田的問話，相應不理。

「我問你！爲什麼不回答，你啞了嗎？」

平田雙手抓緊鞭子，許丙丁清楚地看見他手背上的青筋賁張！

犯人對這些問話，一概驕傲地不予置答。平田再也按捺不住，怒道：

「八格，你把我的話當做耳邊風嗎？」

鞭子在空中弧了條美妙的曲線，却挾着凄厲的嘯聲，抽到犯人的身上，噼啪的聲音連續地像連炮一樣，許丙丁只覺得背脊發冷，可是犯人依舊不哼一聲，平田像瘋了，更猛烈更急驟地揮鞭，犯人身上的衣服被抽成一條條布，而全給血漬染紅了。

平田抽了一陣子，到底手也痠軟，而犯人依舊不發一言的緘默，就像火藥導燃一樣，怒氣沖沖的走近犯人跟前，劈哩地摑了幾十個耳光，犯人突然仰起頭噗嗤吐出一口血痰，這口血痰竟直直對準平田射來。

直接被命中的平田，驚愕之下馬上就變成了憤怒。黏散在臉上的血痰有股怪味，拌合强烈刺鼻的血腥氣，更激發起獸性，平田却反而笑了，冷冷獰笑，像隻貓對着掌握中的老鼠一樣，吩咐站立兩旁的警察：

「把他衣服剝光，給我反吊起來！我倒要看看他有多少能耐！」

剝衣服的時候，犯人略微掙動，胸口馬上挨了兩記重擊。只好任由擺怖。剛吊上時，犯人鼓結起全身肌肉，試圖消滅脚部被吊扯的痛楚。

許丙丁看到那一身黝黑結實的肌肉，內心忖着：甭怪他能多次逃脫衆人的圍捕，還傷了這麼多人。

吊起約摸有一人高，平田叫停，抓住犯人的頭髮，獰笑道：「我看你還有多少本領。」

說完，便咬着牙，狠力揮鞭。這次因肌肉赤裸直接接觸地迎上。每次鞭子掃過，便留下殷紅的痕跡，迸濺的血滴在地上散開一片。

犯人只覺得鞭打的痛楚愈來愈重，脚筋的拉扯也像是要裂斷一樣。起初還能聽到鞭嘯而凝緊肌肉，漸漸的煥散了，意識也模糊起來……

2

「楊萬寶，你招是不招？」

松永主管厲聲問道。

楊萬寶搖了搖頭。「我不知道，你叫我如何招？」

「你不知道？你是死人嗎？還是耳朵聾了，眼睛瞎了？一個人在你家住了四五年，竟然連他姓名都不知道，這話說得過去嗎？」

「我是真的不知道，平時我們都稱呼他老師父，怎麼知道他會有問題？」

「你還鐵齒硬牙！伊是支那派來的間諜哩！你說不知道，那好，我問你，爲什麼你不來報戶口？嗯？」

楊萬寶默然不答，是沒想到要報戶口，可是以一個賣藥的老人，充其量是有身精湛的拳技而已。怎會有什麼問題？何況這四五年來，那老人絕少出門。平時只是練拳授技，偶而說起唐山的俠義故事。聽得他們那夥小伙子耳朵貼伏，怎會呢？

「你說不說？」松永逼上前來，那態勢大有一發即動手打人。

楊萬寶也只有回答說不知道，他確實是不知道啊！那松永那會從此罷休，自然又是一頓好打！縱然楊萬寶自小練拳練得銅筋鐵骨，也受不了這棍棒交加。馬上暈了過去。

松永看這情形，想想再打下去恐也不會招認，倒不如做個人情給保正。楊萬寶在這烏龍村雖說不是什麼善艮之輩，但到底土生土長，總有三份人土情，尤其他曾開武術館，徒衆不少，萬一惹怒衆人，鬧出事來，他也得不到好處。乾脆就請保正來具保領人，並告訴那全身血跡斑斑，氣息微弱的楊萬寶說：

「現在先放你回去，在半個月之內，你要好好的去給我打聽那老人的消息，要不然，絕不寬恕。」

這時的楊萬寶還敢說什麼，趕緊的拖着踉蹌腳步，走出派出所。圍在外頭的民衆看見他出來，羣相簇擁向前，齊聲道賀，楊萬寶苦笑了笑，誰叫我們要處在這日本狗仔的統治之下呢？說要抓就抓，要打就打？多少人被打成殘廢帶傷。又能向誰申訴？那些因此而寃枉死的，更不知道有多少？

回到家裏，那些來探視、慰問，並且一起哀嘆的鄉人絡繹不絕。忙着接待答話，直至夜裏，才想起怎麼一直沒看到鳳仔來過？是不是沒注意到呢？順口問着身旁的人。

被問的人一愣，半晌才說：

「鳳仔前天就不見了，據說和一個姓潘的私奔走了。」

楊萬寶一聽，如雷擊頂！雖說跟鳳仔不是什麼三媒六聘娶過來的，但是往來也有五、六年了，不敢說如何恩愛，可是也沒虧待過她呀！竟敢在這節骨眼給我來這一招，真是屆漏偏逢雨！我楊萬寶前世做的什麼孽呀?!

睡在床上，無論如何也無法使心裏平靜。這賤人真正可惡，欺我楊某人太甚！我又不是被判了死罪，還是監禁一、二十年，怎可說走就走?就說我真的被定了刑，判了罪，也該去看我啊！這般無情無義的查某，如被我找到，不把她碎屍萬段，誓不為人?!愈想愈惱，愈想愈恨，舉起拳狠力地在床板上猛搥幾下。

一夜不曾闔眼，天朦朦亮，就拐着脚，到鄰近找他那些弟兄們去尋找鄧鳳的下落。那些弟兄看到他這樣蓬散頭髮，赤紅的一雙虎目，加上被打淤傷的青紫，那神態活像凶神惡煞！都嚇壞了，忙不迭地連聲答應。

就這樣，三五個人一批接着一批地出去找了。可是一批接着一批都是沒有找到的回覆。楊萬寶怒火愈發不可抑制！傷又好得特別慢，好不容易才稍微能走到鄰村去打探。但松永主管的期限又快到了！

老師父也不見行蹤，鄧鳳又沒音訊，一方面是妬火懊惱，一方面是官嚴威逼，雙重交加，楊萬寶整日坐立不安，時而搖頭吁嘆，時而怒搥桌面。不是嘟噥着唉唉唉！就是比手猛劃殺殺殺！

人生的苦味就是這樣的境況麼?想我楊某自小父母疼寵，偌大家財在我手中任意揮霍，三朋四友呼嘯成羣，雖說不是什麼化水會結凍的人，但至少在烏龍這地方，我楊某也有一點力的。沒想到，愈活愈倒縮！會縮到這種地步。

就在他自怨自嘆之時，有人氣喘喘地跑來告訴他：

「鄧鳳找到了！她就住在溪洲村，和那姓潘的在一起！……」

楊萬寶這一聽，那還能忍耐得住，問清楚了地方，馬上就趕了去。

待到了溪洲，却又心裏猶疑起來；鳳仔真的會和那潘大知到這裏來嗎？他們爲什麼不去更大的都市？而寧可蜷縮在這兒？會不會是看錯了？鳳仔可能只是看到他被捕，心情不好，才一個人來這裏散散心吧?!應該是這樣沒錯，鳳仔也是有感有情的查某，不會拋棄才是。倒不如先看個清楚再做決定。

楊萬寶摸了摸懷裏的尖刀，就在附近找了家小客棧。從房間的窗戶望出去，剛好可以看見鄧鳳住屋的大門。就靜心地早晚都伏在窗前觀望。

看了兩天，都沒看見鄧鳳的形影。借機套問客棧的女中，也沒人看到過有一男一女住在那屋裏。楊萬寶差不多要放棄尋找鄧鳳的念頭了。一定是看錯了！暗暗決定就這最後的一晚，沒有的話，明朝就回去吧，看其他的人去找那老師父，有沒消息？

鐘聲滴嗒滴嗒的響，已經放棄希望的楊萬寶更覺萬般無聊地看着窗外！沉重的眼皮快要闔上，突然——

一條黝黑的熟悉的身影出現在視線裏！鐘剛好敲在一點上，是鄧鳳?!真的是鄧鳳?!雖說是在黑夜裏，而又隔離得那麼遠，面貌看不清楚，可是那身影，的的確確是鄧鳳沒錯！

久候的獵物終於出現了！

楊萬寶覺得全身的血液都在沸騰，像幾千隻蛇在體內亂竄，但又不敢叫她，待她進去了才躡着手脚，悄悄走出客棧，路上闃寂無人，推了推鄧鳳家的門，鎖得死緊！就門縫裏偷看也看不見什麼！這賤人果真在這裏！那潘大知呢？怎麼沒看見，也許就在屋裏等着鄧鳳囘來。鄧鳳這一進門，豈不恩愛一番？想到這裏，一股氣沖心胸，揚脚踢開柴門，四顧却無別人，只有鄧鳳一個人孤零零的坐在床上，看見有人進來嚇得張大了口。愣愣地坐着不動。

楊萬寶一見，火上心頭；這賤人果真變了！這樣冷淡無情。遂蠻橫地說：

「賤人！膽敢背我私奔！」

鄧鳳本來看清楚是他，心已定下來。想以笑臉相迎，不料他如此凶暴，遂也把臉一拉，冷冷地答：

「喲——楊大少，你在說誰私奔啊？」

「賤人，少跟我來這一套，我受騙得太多了。」

楊萬寶豁地亮出尖刀，爍爍泛光。

鄧鳳冷不防他會亮刀，心頭乍跳，可是她深知楊萬寶的性情，這時候却萬萬退縮不得，嘴裏遂硬繃繃地說：

「喲！你拿刀子出來，我就怕了？要殺，你來殺吧！諒你也不敢。」

楊萬寶橫肉臉扭曲着，哼笑幾聲：「嘿！嘿！」鄧鳳聽了不禁全身涼透。

「我不敢？真的嗎？要不要試看看？」

「你敢?!你憑什麼？」

「憑什麼?!這時候還說這種話？」咬着牙背，左手抓牢鄧鳳的頭髮，劈啪搧了幾個耳光：「賤人！可惡至極！我只不過被調問兩天，你就私逃來此，和那個什麼姓潘的……。」

鄧鳳被搧得兩耳嗡嗡響，滿眼金星，無名火油然冒生。

「你講這話，有什麼證據？無證無據，只知道橫覇覇，什麼都是你對，別人都不對！」

「沒證據，好，你稍等，我來搜找出那姓潘的，然後再把你們這對奸夫淫婦碎割萬段！」

「你找，去找啊！不敢就不是人生的。」

「你無需要鐵齒硬牙辯解，等下你就知道。」

前前後後搜了一遍，楊萬寶洩氣的緊逼着說：

「你說！那姓潘的到那兒去了？」

鄧鳳看見他沒搜到人，心裏一寬，語氣也壯些：

「什麼姓潘的？我不知道。這世人除去我那短命的，就只認識一個姓楊的！」

楊萬寶微愣，稍後才曉得鄧鳳在揶揄他。冒火地：

「你不說，好。看我能不能讓你說。」

「說？說什麼？說我認識一個男人，無責無任。從來就不曾做過一樁正經事。像現在無事無故就拿刀來恐嚇！你講好了，你憑良心講，我鄧鳳對你那點不好？那點不夠週到，而你呢，整天你兄我弟泡在外頭，看我就像破掃帚，根本冷落一旁。……」

楊萬寶突地一吼：

「好了！不必再說下去。我問你！到底有沒有那個姓潘的？」

鄧鳳冷冷一哂：

「有又怎麼樣？沒有又怎麼樣？」

楊萬寶語氣轉為溫和：

「有，告訴我，他在那裏，一定是他誘引你，我去將他一刀兩斷。沒有的話，跟我回去，一切均將化為無事。」

鄧鳳堅決地說：

「我不回去！」

楊萬寶猛地衝向前：

「你不回去？！真的！」

「真的？」

「好！」心一橫，便想在鄧鳳粉臉劃上兩刀。反正我不要的，別人也別想要。
鄧鳳驚慄萬分，顫聲道：
「不要上前來，再進一步，我便要喊救命了！」
「你喊啊，你喊啊！」楊萬寶邊說邊移動脚步。
鄧鳳再也無法鎭定，便扯開嗓子高叫：
「救人哦——救人哦——。」
楊萬寶不料她真的會嚷叫，大驚失色，上前想止住她。鄧鳳以爲他要殺過來，更加高昂地尖叫：
「救人哦——」
楊萬寶怕她的喊聲會招來鄰人的包圍，在這人地生疏的地方，還是先走爲妙！狠狠地告訴鄧鳳：
「算你狠！我走了！後會有期。」
便奪門而去，一溜烟竄走了。

3

「混蛋！從沒看過這麼頑固的犯人，如果依我以前的脾氣，早就把他活活打死算了，那能這樣五六天來，三問四不知的。惹我滿腹火氣，愈想愈惱！媽的！」

平田站起來，便想衝上去揍人的姿態。

許丙丁揮手擋住他。笑着說：

「平田樣，先消消火，消消火再說，讓我來試試看。」

平田很重地坐到椅上，弄出很大的響聲。

許丙丁笑着搖搖頭，走近楊萬寶，吩咐鬆綁。遞上一支朝日牌香煙，還親爲點火，待煙吸過兩三口，才笑着說：「楊萬寶，你何必這樣固執，絕口不說話呢？」

楊萬寶斜睇着眼，悠悠然噴着煙，相應不理。

許丙丁等那支煙燃完了，再遞上一支。

「你那些事情，證據充份，沒口供還是可以定罪。供出來，說不定還可以減輕！」

「你保證？」

冷不防會來這一問，不假思索地脫口便出：「我保證！」

楊萬寶凝神瞧了瞧。又搖着頭：

「算了，算了，你們這些三隻脚仔的話，如果能聽，屎也可以吃了。」

許丙丁一口氣快衝出來了，強鼈着說：

「你不說，也沒關係，隨你的意思。」

說完，想掉頭就走。楊萬寶的聲音緩緩吐出。

「好了，你要問什麼，快問！」

許丙丁一喜：心想，那兩支煙的功效倒蠻好的。

「你第一次殺人，是殺烏龍派出所的松永主管？爲什麼呢？」

楊萬寶呸地吐了一口痰在地上：

「那傢伙根本就不是人，死有餘辜！」

許丙丁吃驚地問：

「爲什麼？」

「爲什麼?!哼！他耀武揚威，也不想想只不過是他有了這個職務，可以管理人民，他就認爲有多偉大似的，整日裏橫行鄉里，欺壓百姓，每件事都感覺只有他的看法才是正確，不知有多少人被他那歪曲的看法而導致家破人亡。我就是極顯明的一個例子……。

楊萬寶愈說愈憤忿，嘴裏說着說着，心裏慢慢兒浮現……唉，人講最是不堪回想當年事，一想來甘苦酸澀都有……

從鄧鳳的屋裏逃竄後，一直不甘心就這樣回去烏龍，但怕鄧鳳會去報案，旅舍也不敢再住宿，就在溪洲的一座無人的漁寮暫住。夜晚再溜至鄧鳳的屋前遛巡，接連幾天，那屋裏燈火闃寂；可能伊已經怕得溜到別處去了。

後來，白天也去觀看，依舊杳無形影。

這賤人會跑去那裏呢？邊走邊想。那天真該狠下心一刀殺死，陪伊死一命換一命也甘願。就在他自怨自艾，突然一聲大嘎：

「啊呀，楊師父，我可找得你好苦！」

定眼一看，原來是武館裏的人，咦？找我幹啥？

「你都忘了？松永主管的期限超過好幾天。現在已經滿佈警網，就要逮捕你歸案。」

「這樣緊張幹什麼？我回去報到就是了。」

「你找到那賣藥老人了？」

「沒有啊！」

「沒有？那你回去幹嘛，松永現在說你是跟那賣藥老人是一黨的，是唐山派來做特務，你這一回去，剛好自投羅網。」

「松永憑什麼說我是特務？」楊萬寶大驚失色。

那人冷笑。

「憑什麼？憑伊是日本人，而你是中國人，亡國奴，伊愛講你是特務，你就是特務！」

「我死不承認呢？」

「你死不承認？死了就真的不用承認了，要不然，你忘了松永的手段？那嚴刑拷打，你自信能承受得了嗎?我看,還是先避避風頭,以後再說!」

「幹伊娘!這日本狗仔真正欺人太甚,非殺了他不可!」楊萬寶額際那塊疤痕隱隱泛紅。

「何必呢?不如暫時閃避,等抓到那賣藥老人以後,你再出來,也比較無事。」

「感謝你的好意,只是這口氣難忍哪!」

那人見再勸也是無效,搖搖頭便告辭回烏龍村去。

烏龍村是個小村莊,向來平靜無事,入夜以後,更是沉寂得有如一口古井。深邃幽渺,就是有夜歸的村民,也似小石子投入地蕩了幾聲狗吠,便復歸寂靜。

九月初一晚,天色烏黑。兩個巡夜的警官繞了一圈後,百般無聊地連打呵欠,說道:

「晚了,又沒事,可以回家去睡覺了。」

另一個阻止地說:

「不行呢?萬一楊萬寶回來,怎辦?」

「不會的,諒他有三頭六臂,向天公借膽,也不敢回來,松永主管規定的期限,要他找那賣藥老人,他沒找到,怎敢回來?」

「你怎知道沒找到?」

「如果找到,不早就回來了?」

「說得也是。」

兩個警察正在想着時間一到，便同家去睡覺，突然，在烏龍派出所那方向傳來一陣急亂的狗吠聲。接着一聲尖吭的慘叫。凄厲地刺破這夜之寂靜。兩個人面面相覷。職責所在呢？卽刻互喊道：「走！」

還未走近派出所，就聽到再聲的慘叫：

「好大膽的楊萬寶！竟敢殺害警官——。」

在手電筒的光線邊緣，一條黑影蹤了開去。

正想追過去，突然照到地上躺着的松永主管，滿身是血，却已經昏迷不醒。

救人要緊！一個人過去扶起松永主管，那臉上的一道刀痕，從左眼直裂到唇角，鼻樑凹陷。左手也流血如注。另一個約集了所有警察大肆搜捕。楊萬寶却早已走得無影無踪。

只好一面把松永送到萬丹緊急施救。一方面打電話到東港郡警察課報備。

東港郡主管一聽松永被殺，大爲震驚，以爲是民衆暴亂，馬上派了大批憲警連夜開車逕奔烏龍村。到了目的地，才知道只是楊萬寶一人持刀行凶，鬆了一大口氣。仍馬上下令圍捕楊萬寶，並挨戶搜尋，圍了個水洩不通。

也通知了轄下各派出所都派出警備隊，並把楊萬寶的親友、武館人員，逐個傳去問話。其中幾個素行不艮的，或態度較強硬，不太合作的便被狠狠賞了幾個耳光，挨了幾脚。這一來，整個烏龍村人心惶惶，好似罩了層烏雲似的，每個人都愁眉苦臉，哀聲嘆氣。平常晚飯後在廟埕或是庄頭的聚談等等消遣，自然而然的取消了。沒心情也是有，最主要的是大家都不願因此而被視爲非法聚衆集會，何必呢？倒不如躲在自己家裏，早點睡較有眠。原本就稀落的農村，變得如同鬼城，一入夜，便空蕩蕩地杳無人影。

這樣的低氣壓威迫下，每個人心裏都像落了塊大石似的，一致期望楊萬寶早點被捕，好掃去這滿天疑雲。幾個挨過耳光，被踢過屁股的人，更因此把所有的憤忿全歸於楊萬寶一個人身上。警方在大力搜捕，民衆也協助尋找。楊萬寶依舊毫無音訊，大家都覺得不可思議，難道說楊萬寶眞有通天之能麼？繪聲繪形的話語滿天飛，甚至有人想到了飛簷走壁，來無踪去無影的廖添丁。也許楊萬寶就是廖添丁的二世吧？

就在衆人紛紛紜紜的喧嚷之下，楊萬寶却孤單一個人躲在幽邃的甘蔗園裏。那甘蔗已近成熟，長得高大濃密。那蓬蓬蔗葉恰好遮住了身子，渴了就剝甘蔗，餓了也啃甘蔗。到夜深人靜，才悄悄移換地方。

那些搜捕人員以爲他已逃遁到遠處，便儘量往外圍搜捕。殊不知他躲在近前。反而安穩地度過了四、五天。搜捕人員已有些倦怠，而楊萬寶這樣虎豹似的人，也開始按捺不住，想往外衝了。天可憐見的不知是體恤那些搜捕人員的辛苦，還是要放楊萬寶一馬，九月初五晚，竟下了一陣傾盆大雨，那些搜捕人員趁機躲進屋裏避雨。楊萬寶冒着風雨，反而如入無人之境，大刺刺地便逃了出去，直到下柳仔林，才鬆了一口氣。

這時雨已經停了。

楊萬寶身上的濕衣，經過剛剛一陣急奔，不見乾燥些，反而更加汗濕，脚底踩着軟沙，一踩一塌，一踏一凹，顚顚躓躓地好不容易才找到了一個較隱僻的土堆！堆上幾叢林投樹可以遮蔽身子。至此，方才鬆了一口氣，舒適地張開四肢躺了下來。

不料，剛一躺下，身子就斜斜地往旁邊滑去。楊萬寶以爲發生了什麼事情，嚇得連忙站起身，頭却結實地撞上硬繃繃的石頭，咦？這那來的石塊？定睛細看，原來背後就是塊大礁石，剛才怎麼沒看見？可眞是急昏了頭哩，石塊下部，亦就是身子滑進去的地方，赫然出現一個大洞窟，楊萬寶喜出望外，返身就猛力挖掏。挖了兩下子，就看出這個洞窟十分深邃，足夠容納兩三個人躺着。

這眞是天無絕人之路，楊萬寶高興地整理了一下，才又出來。天色將近黎明，份外黑漆。一團高興馬上就被撲滅——遠遠地有兩三個黑影出現。

以爲是追捕的人躡着脚跡而來，隱伏住身形，看了一陣子，才發覺原來是羣討海人，三五成羣地，有的背束着網，有的帶簍子，遠遠地傳來嬉笑的說話聲，有婦女，也有小孩。

楊萬寶這才放膽地坐在礁石，靜靜看着討海人把竹筏划到海上，撒下網，岸上的其他人，包括婦孺，開始嘿喲，嘿喲地收着網！異口同聲，簡潔有力地譜成一曲黎明新生之歌。

破曉前的海風，吹在臉上，份外冷冰。楊萬寶飢寒交迫，全身簌簌發抖，海風緊跟一陣，看着那羣討海人那樣賣力地工作，眼裏的淚水竟然流了下來，不用手去擦拭，讓淚水恣意流淌。

深吸了一口氣，淚水流進嘴裏，苦苦澀澀的，心裏也苦苦澀澀的，我爲何會落到今天這個地步呢？到底我做錯了什麼事？難道說這都是前世造的孽?!今世才來報應的嘛？

痛苦地閤上眼雙手扭抓着頭髮，心裏好似有針在刺一樣，啊啊——突然，那羣討海人發出一陣歡呼！楊萬寶睜開眼，討海人已經把網全收上來了。隱約地看到有魚鱗在跳閃，天色也跳閃出魚肚白。難道說我楊萬寶就是這網中之魚嗎？

還是有幾線希望的吧?!信心突萌地，決定先睡一覺，養足了精神再說！

翻側了一陣子，楊萬寶終於睡着了。

時而沉酣，時而驚醒，在冷冷的沙堆，冰冰的晨氣中楊萬寶蜷縮着身子，暫時摒除一切地睡着了。

4

楊萬寶看着鍋子裏的水好不容易才燒開，非常高興地，把兩尾向羣罟的討海人討來的魚，去鱗剖腹洗滌潔淨後，丟進鍋裏。

兩尾魚投入鍋裏的熱水，好似又活了似的蹦跳兩下。才安靜地散出一股清新的香氣，加上兩片薑末的辣味，口水馬上溢滿整個嘴腔，恨不得快點熟透，好讓那魚湯熱辣辣的直灌下心胸。那是多爽快的一件事啊！

嬝嬝昇騰的白煙籠滿了整個鍋面，看不淸楚裏頭的魚到底煮得怎麼樣了？這等待的時刻竟是異常的漫長！

什麼時候，才能恢復先前的生活呢？先前嫌其枯燥無味的生活，現在竟像是一股魔香，鬼魅地誘人不已，或許「一日無事小神仙」便是福吧？惹了這一身的事，難道說這就是報應麼？怎樣的報應？我一不偷，二不搶，三不霸佔人家妻女。塡膺的忿憤！橫豎是禍躲不過吧?!或是我前世牽牛去踏過人家的墳坵？但是松永是日本仔，我那有可能是個四脚仔呢？不然是爲什麼？爲什麼？爲什麼呢？

松永說我庇護唐山派來的間諜，那老師父有可能是嗎？不！決不可能。

一日爲師，終生爲父的傳統道德心理之下，馬上就堅決地否認。如果眞的是這樣，那爲什麼他一住四、五年都無問題。而且又絕少出門，就有出門，也是兩、三天卽返。這兩、三天又能做得了什麼事？連上個府城都不夠，這樣的情形，老師父那有可能是間諜。不然，松永口口聲聲咬定，究竟是爲了那樁？？？？

？？？楊萬寶愈想愈無法破解這個謎。

只有一點是可信的吧！松永對一切自唐山來的人都抱着絕對不變的疑心！對了！就是這樣，想到這個癥結，差些高興地跳起來。就算是眞的，那松永未免也太心狠手辣，就說這是他的職責所在，也犯不着逼得我楊萬寶身犯重刑，家破人亡，走頭無路。人心肉做的！想到松永以前的笑面相待，再回憶查詢時的那般氷鐵的嚴肅表情。楊萬寶深自懊悔；當初實在應該一刀就把他解決掉。伊娘咧！

咦？？？？

四周突然靜得一點聲音都沒有。

應該是有一些聲音的；討海人的嗨喲，孩童的嬉戲，沙蟹的悉索，突然什麼都聽不見了！

奇怪地，連浪濤拍岸的聲音也沒有了！

楊萬寶納悶地強定下心來靜靜一凝神，就感覺似有幾股騰騰殺氣齊向着洞口而來。

好傢伙！竟找到這地方來送死。

主意一打定，便綽着一把尺許長的鋼刀，閃在洞口一旁。那些搜查隊員猶以爲神不知，鬼不覺地躡着脚步走近，領前的白隊長猛不防瞥見一道白光自洞內急閃而出，道聲「不妙！」急忙倒地避過，隊員們一怔，楊萬寶早已趁着這空隙兒，飛身而過，許多棍棒便掃了個空！

楊萬寶躲過了這一波攻擊，冷眼微瞟，隊員層層圍擁。怎麼這許多人？猛虎難敵猴羣！先溜再說。猛力將刀狠狠揮砍劈斬一陣，看空間一寬，便集中一角，極力猛衝，一會兒便給衝出個缺口。

可是海沙甚是濕軟，脚下根本無法着力，跑沒一里，便覺氣喘。空有一身功夫，到此真是無用武之地。埋伏在此的警員便一擁而上，你來我往的交織成一道牆。任憑楊萬寶如何凶猛直衝，頂多也只逼退一步半步而已。而警員們亦無法近得楊萬寶之身。

僵持過一陣子後，楊萬寶已顯出有些疲憊之態，加上久久衝不出去包圍圈，益發暴跳如雷。他知道交手對陣，最忌心浮氣燥，可是就無法按捺下來，只好狠狠地再衝了幾次，但徒增加疲憊，絲毫沒有進展。

白隊長看在眼裏，暗暗竊喜，這簡直是天賜良機嘛！低頭囑咐外圍的隊員盡量去搜集石塊，要每個人都扣着幾塊在掌心，只待一聲令下，便全往楊萬寶身上擲去，這一來看他如何逃得了？

楊萬寶雖然身處重圍，却依舊眼觀四方，看到有幾個人竄走，以爲是去討救兵。內心更急。但搜盡枯腸也想不出一個更好的辦法可以脫圍。

突然白隊長一聲令下：「伏倒」。

楊萬寶大吃一驚，以爲是搬來了火槍；連忙往旁急閃，却不料，如雨一陣的石頭密驟地迎面而來，猝不及防的額頭被碰陷一大塊，血馬上奔泉地迸射開。

左手掩住傷口，血液仍一泓一泓的湧出，滲入左眼，辛辣地睜不開。另隻眼強睜着，閃躲那一顆顆較大的石塊，右手的刀仍緊緊揮舞，但已不再嚴密，幾塊較小的石塊，竟能穿透刀幕，直射到身上。

力道已然減弱，不會有所傷害，但那一次一次的命中，使得他一次一次的頓覺惱怒。這樣子下去，可能會栽在這兒吧，想我楊萬寶一生英雄好漢，竟也會落到這款生也不能，死也不得的境地。

唉——

深長一嘆，全部的精神鬆懈了，力量也盡了，下意識地，鋼刀「嚓」地一聲插入脚下的沙中。

「不要丟了，不要丟了！我就縛就是了！」

白隊長一看，大喜若狂，深深吸了大口氣。才說：

「好！大家住手！」

楊萬寶靜靜地束手就縛，心潮却澎湃洶湧不已；面臨的將是怎樣的命運哦?!是生?!是死?!人一定要這樣面對未來，而手足無措地任憑宰割嗎？我不，我不！可是又能怎麼辦？

我怎麼辦?!怎麼辦?!?!?!

絕望地捶着牢房的牆壁，回應的只有單調空洞的悶響。捶了一陣子，精疲力盡的坐下，牢房特有的曠寂便隨之而來。楊萬寶雙臂交擁，淒清仍濃濃地揮之不去，有如牢房裏尿屎的腥臭味籠罩着。

腥臭味強烈刺激，反而將神經感覺弄得異常興奮，許久仍無法平靜下來。

也許我楊萬寶就此老死獄中了吧?!不，不，不！

也許會被判處死刑，而馬上就來執行的吧？不！不！

啊，會不會他們査到我是受寃枉的，是被迫殺人的！而來釋放我呢？那故鄉的土香，那故鄉的人情，就連逃亡時躲匿的那甘蔗園裏圍聚的蚊蠅蟲蚋，狂風暴雨的全身濕漉。就連海風陰寒酷凍的冷。回想起來，竟是這樣的如夢如幻，啊！啊！何時才能再重享自由？爲什麼不現在就來放我呢？爲什麼？爲什麼？爲什麼啊——

5

牢房的日夜是闇寂沉靜的，除了獄卒送飯來的畢剝鞋聲和「放封」時吆喝後犯人的嘈吵，一切都是無聲無息，靜得那樣安然，彷彿沒有楊萬寶這個人的存在似的，任憑如何走得重力大聲，任憑用拳如何捶壁，依然就是無形似膜網一層似地圍住，然後慢慢地慢慢地收束，束得人整個心，整個身體縮乾了。

「一個人獨處竟然是如此難耐啊！」

楊萬寶深納悶着，爲什麼不把我跟其他的犯人關在一起呢？或者也該來提訊啊?!什麼事都沒有發生，連隻小老鼠都沒看到，到底那些四脚狗仔在幹什麼？是不是在動腦筋設計個什麼罪名來害我？其實也不用費神了！單是這殺害松永主管的罪就可以砍頭的吧！

唉！

長嘆了口氣，心頭稍稍舒解了點，馬上又壓得更沉更重。沉重地壓得楊萬寶簡直就要發瘋了；來殺我吧！來殺我吧！快點來啊！馬上就來啊！

牢房依然沉寂如昔，只有氣窗透照出一道光線，明亮的陽光，溫暖白晰！可以想像的，外頭的天地現在正充滿光耀明朗，眩人的陽光，那將是多美好的境地呵！

楊萬寶移動身子進到氣窗透照的陽光裏面，閉上眼，讓那暖和的溫馨瀰蓋全身，彷彿可以從中嗅聞到外頭自由空氣的流暢新鮮美好，有股無法言喧的甜味。

我要出去！我要出去！我一定要出去！

突然地，整個人衝上前去彈跳起來，雙手緊抓着那氣窗的鐵條，就這樣懸吊在壁上，臉部全籠罩在陽光裏，極力地深深吸了幾下，多可愛！多美妙！

吊了一會兒，手臂酸痛，正想鬆開手，身體往下一垂時，右手突地感到有些顫動，咦?!會動?會顫動?!難道氣窗的鐵條會動嗎?

這一喜真是非可小同！

也許這真是我的唯一生路，楊萬寶先輕巧躍下，定了定心，揉揉酸痛的手臂，再一躍而上，左手支撐着身子，右掌猛力運勁，果然鐵條會搖，又細看埋着鐵條地方的水泥有點渣沫；這可能是我剛才用力搖落的。

真是這樣，我逃生可有望了！真的是這樣容易嗎？這裏以前也應該有關過人才是，那爲什麼從沒有人逃出去過？或者是蒼天有眼，暗地在幫助我？給我一條生路？

按捺不住心裏的歡悅，等不一會兒，又再攀跳上去，搖愰那根鐵條。欣喜若狂之下，忘了那有幾個人是像他那樣自小勤練武功，不事生產，就是舞棍弄棒磨出來的強勁腕力？只靠一條胳臂，不但要支撐全身的重量，而且還要騰挪出另外一隻手來撼搖鐵條，這需要多大的力道啊？

弄了幾下後，才突然想起獄卒快送飯來了！趕快一躍而下，脚尖才剛剛着地，就傳出獄卒打開鐵門的鎯鐺聲，不由暗叫一聲好險！

獄卒走後，他狼吞虎嚥地匆匆扒完飯，靜坐下來憩息，一邊想，與其這樣要防獄卒巡查，又要防外頭的人看到，倒不如白天蒙頭大睡，晚上再來苦幹才是正途。主意打定後，便臥在地板上呼呼大睡。

巡視的獄卒探頭看見他酣聲大作，搖搖頭笑道：

「這頭蠻牛終於也會累倒啊！」

他做夢也沒想到，這頭蠻牛竟會成了夜貓子。當四週夜幕沉垂，闃寂無聲時，楊萬寶就黏附在壁上，搗搖那鐵柱子。

過了幾天，當楊萬寶將息整天之後，覺得全身精力充沛，直如有股怒泉在體內衝撞。伸臂納氣，隨着那股泉湧，暗暗喝聲：「上」，一沖卽起，抓住鐵條，猛猛用盡力道。那鐵條輕脆畢剝一聲，離土而起。

楊萬寶全身的力道驀地向右傾斜，整個人墜了下來，好一個武術名家，半空中吸胸凹腹，滴溜溜彎轉了下身子，便輕輕着地，毫無發出聲響。

着了地，整個人反而愣在當場：心裏頭只在吶喊一個聲音：我做到了！我做到了！我可得救了！我可得救了！

驀地，鏗鏘的鑰匙碰撞聲驚天動地傳來，楊萬寶連忙飛身上牆，把鐵條擺放原處，再落地臥倒裝睡，心裏頻頻鼓急敲砰然砰然！

隔天夜裏，把鐵條拿掉後，試試空隙，正好可以側身鑽過；不動聲息地再窩伏了兩天，趁着吃過晚飯，犯人們在放封的時候，平時獄卒在這時段也較爲鬆懈。便束緊衣褲，溜了出去。

躡住脚步，沿着牆根，一步一步挨併着走，好不容易閃躲過幾次探照燈的亮光，才走到較僻黯的角落，仰起頭看那二個人高的牆頭，暗地叫了聲苦，但千辛萬苦才挨到這裏，不衝行嗎？只好鼓繃起全身力道飛冲，待手指尖沾到牆頭，便來個鷂子翻身，美妙地，乾淨而俐落地落下，脚一沾地，便不停地急奔。

跑不多久，後頭便傳來一陣陣犯人脫逃的警哨聲，凄厲地擊徹警衞們驚惶的心，震動了犯人的幸災樂禍，自我解嘲又暗地怨艾的。以及刺破三塊厝監獄陰黯的夜空。

6

「怎麼樣？………有沒有捕獲的消息？」偵緝隊長對着各地調集來的刑事組長問。

「沒有！」

「怎麼樣？………有沒有可靠的線索？」刑事組長對着呆站着的警察問。

「沒有！」

「沒有！」

「怎麼樣？………有沒有可疑的人物？」警察對着各人轄區內的居民們問。

「沒有！」

「沒有！」

沒有！沒有！沒有！沒有！沒有！沒有！沒有！

偵緝隊長對着各地的刑事組長怒吼！

刑事組長對着呆站着的警察捶桌子！

警察對着轄區內的居民們揮打耳光！

可是，楊萬寶還是無影無踪，如泡沫沉於大海裏地從這個世界上消失了！

這麼多的人在尋找他，却像在撲捉一團迷濛的空氣，一團看似存在，撲上前去却消散無形的空氣。很多人在這之前，「楊萬寶」三個字根本不可能存在腦裏的，現在不但日夜都會有機會接觸，甚至親朋好友見面，或是茶餘飯後的閒聊一定都會提到。

一時間，楊萬寶竟成了家喻戶曉的神奇人物！

如果問人說：媽祖婆的形像是怎樣的？一定只會答說慈祥光被！可是眼睛大不大！嘴巴小不小，沒人知道。

如果問：臺灣總督是怎樣的？日皇是怎樣的？連佛都會曰「不可說！不可說！」

但是，楊萬寶的形相和特徵却深深地印在人們心中，而且流傳廣濶。

「肩膀濶大，身長五尺六寸，面四角，顏容赤中帶黃，嘴下無鬚，額上有一處銅幣大的疤痕！」

額上一處銅幣大的疤痕！

富有想像力而且閒暇甚多的百姓，基於楊萬寶之膽敢和日本狗仔做對的勇壯氣魄，開始編排了一齣廖添丁的寃魂再生的故事。一傳十、十傳百的，並對不信的人振振有力的說：「要不然，爲什麼日本狗仔抓不到他？再說，憑你，你有沒有膽氣敢殺松永？有沒有本領孤身越獄？」

聽的人倒是半信半疑地自問這點確是非常人所能辦到的。

儘管民間如何在繪影繪形，偵緝組却接獲了一個來自無水寮糖廠的報告。連忙調集人馬趕了去。

報案的那女人那曾見過這樣的場面，早已嚇得說話都顫顫斷斷地停過好幾次；還是她丈夫遞了杯水給她，喝了一口後，才神色稍定地說：

「那天，我丈夫有事回東港去。一大早，本來不想那麼早起來燒飯，後又想到夜裏剩下的豬脚湯和冷飯，不再熱一熱，怕會餿壞，摸黑到了厨房，沒想到竟會有一個凶神惡煞般的男人坐在桌邊，大吃我那碗難得煮食的豬脚湯。

我驚得舌都打十幾個結，不知要如何是好，一世人也不曾遇到這種事件，一時脚手冷冰冰，動也動不了！

那男人身手敏捷，剎時便跳到我跟前，濃眉橫目，惡聲惡氣地將刀對着我心窩，恐嚇說：如果我敢出聲，便要一刀將我結果掉。

伊是男人，體格粗勇，又手拿利刄，我也只有乖乖地不動，看伊如何將我處置再做打算，沒想伊竟然………。」

偵緝組員不耐煩地問：

「說下去啊！」

半晌，那女人菜黃的面色微現紅暈地低聲說：

「伊竟然對我非禮！」

看她身材雖還可以，但那面容實在……那會有人想？皺皺眉說：

「哦？那人長相怎麼樣？怎樣對你非禮？」

女人急匆匆地說：

「皮肉很黑，看起來是有做粗重工作的粗魯人，對了！伊面上有塊疤！很大一塊！」

「疤？」大吃一驚，「會是楊萬寶？」

「對了！對了，伊有講伊就是殺人逃獄的楊某某，一時無法聽得清楚。叫我免驚，絕對不會傷害我。然後伊就偎過來動脚動手，好在我臨時腦筋一變，叫伊免心急，我丈夫就睡在隔壁，等我去安排一下，才來陪伊。等伊安心了轉過身去，我就拼命扯開嗓子大叫，叫得伊連忙逃走啦！」

說完，揚揚得意的神態和剛才驚惶失語的情形有如天壤之別。

「哦？」疑問雖然在心中打轉，但隔壁的工人却異口同聲說當時那女人確是叫得驚怖懾人，而換穿衣服留下來的囚衣也證實了楊萬寶的確來過。

7

「對伊非禮，想要強姦伊？笑話！我楊萬寶豈是那種猪狗畜生？那有可能啊？何況那女人長得……記不住了，但是當初根本就無感覺那種氣氛，那會？我是一個逃亡的人走頭無路了，只不過是希望伊能包一些乾糧給我，就感激不盡了！」

翻了翻手頭的資料，許丙丁說：

「但是資料上的記載是如此說的。」

「哼！」

楊萬寶冷冷地說，帶着不屑的語氣：

「資料上怎麼說，我那會知道？反正愛講什麼就講什麼，愛這樣寫就這樣寫，當場也沒第三者在旁邊看到，就說有別人看到，兩個人聯合起來亂說一通，我又能怎麼樣？對不？人本來就是這樣，不想害你便罷，如要害你，黑的說成白的，白的說成黑的，你也是無可奈何啊。」

「自己做的不敢承認？」

「有什麼不敢承認？我的罪是絕對避不了一定死刑的，就再加這條強姦未逐，又有什麼了不起？我說沒有就是沒有！」

「好！好！就算你沒做？」

「什麼『就算』，根本就沒做！」

「好了！免衝動，喫煙，喫煙，慢慢地講。」

楊萬寶明明知道這種好意的請喫煙，一定有目的。但事到如今，不吸也是白不吸，就毫不客氣地接了過來。

「你離開無水寮農場以後，到遇見鍾阿連，余三妹中間這段時間……」

楊萬寶突地雙手掩耳地狂叫：

「不要提到余三妹，不要提到余三妹………。」

對着這突發的歇斯底里的狂叫，許丙丁微微一愣，凝神片刻看着他從激動中慢慢平緩下來，才又說：

「好！我們就不談這個，你從無水療農場走了之後………。」

我從無水寮農場走了之後？………。

眼影裏層層浮現………似是模糊不清………却又清晰無比………一根線埋在心底，挖掘出來了又連着另一根線，線頭連線尾，線尾結線頭………誰又知道這是怎樣的一根線？

那天愴愴惶惶地從無水寮逃出之後，那女人的淒厲叫喊，一直跟隨着，盪漾在耳邊：

「強盜！凶手！小偷！沒人性的畜生！」

找個較隱僻的地方坐下來，心裏一直在翻滾：我是強盜?!是凶手?!是畜牲?!那我活下來真是一點兒價值都沒有了嗎？我是社會的毒蟲？是走頭無路的亡命者？

凝目環顧四周，這天地是何其遼濶！天沉遼得無邊無界，地黯黝得無垠無底。萬物都在其中生長活躍，而我，算得上什麼呢？一枝草都有一枝草生長的地方，一棵樹也茁壯得枝葉騰茂，而我？一個頂天立地，堂堂正正的五尺以上的男子漢，却落得連小小的棲身之處都沒有，我還能算是一個人嗎？自怨自艾地竟心神渺茫起來。

從不知身處何方的飄忽，到凝聚爲濃濃的怒狂。右手手指已深掐入土中，然後死力緊握，連帶拔起一片沾土的青草。

被撕碎的草葉，流出一股刺鼻的腥澀。猛烈地衝擊着嗅覺；反倒挖出了久埋的記憶，對了！何不到北港去找蔡氈角呢？

伊是唯一的遠方的好友，也僅有這樣才不致被警探查知吧！

主意打定，便取道旗山到內門到龍崎到關廟晝伏夜行，一路上又全是山間小徑，也虧得藝高膽大，否則黑墨如漆的夜路會把人吞噬進去的；偶而閃過的光影，幾攝小螢火的流竄，不知名的動物的呼嚕聲，清寒徹骨的山風。全無妨礙到他的匆行趕路，反而是別人賴以壯膽，聞之心喜的人聲狗吠，倒使他住步細聽，再輕輕躡足走過，避之猶恐不及。

一口氣趕了下來，早已精疲力盡，而且慢慢靠近臺南府城，人口稠密的地方。也怕眼線密佈，如果被識破行踪，反倒不美；便找了個破落的茅舍，打掃乾淨，便合衣睡上整天，再出來找些蕃薯之類的野物，填充肚皮。再趁着人羣擁擠，匆匆取道歸仁，轉仁德，竄過臺南。

過臺南時，心驚肉跳，一方面固然是身爲重犯，另則臺南雖不似高雄的戒備森嚴，但各路旁侍立的警卒們嚴整的制服，望之心底生寒。尤其偶而飄來再停駐在身上的眼光，更有如一支利刄地刺入心中。

到了北門，才鬆下一口氣，但因有海防部隊的關係，也不敢夜行，只有冒着炎日直走。並碰到一個走販仔，一路上結伴聊談，倒也減輕不少心裏的壓力，那走販仔聽他要去投親謀職還熱心地帶伊按地址去找。

不料蔡甕角已死，家人全部失散，這消息有如晴天霹靂，擊得人搖搖欲墜，心神皆散，這個世界敢情是全在跟我作對嘛?!好不容易才到了北港。沒想到却……整個人癱瘓地落坐路旁。退回去嘛!死路一條?待要上前再行，却人地生疏，舉目無親，這便如何是好?……。那走販仔看他失魂落魄的神態，不由大表同情地：

「這位先生，敢情是煩惱無頭路是不?莫憂愁啊，大不了是像我這樣，擔些貨物走販仔去賣，多少也可圖一個三頓溫飽，是說我像這樣生涯，吹風晒日，居無定所，從臺灣頭走到臺灣尾，較艱苦就是!」

楊萬寶苦笑了笑；艱苦是不要緊，主要是我現時如何拋頭露面呢?不要說從臺灣頭走到臺灣尾；就從這北港走出一步，說不定馬上就會被逮捕!

「你的好意我真感謝，但是我並不是什麼生意料子，還是來找個工作來度三頓較妥當。」

「這樣也好!」販仔側頭想了想：「對了，離此不遠，有家營造廠，上回我經過時，好像看到他們貼出紅紙在募集工人，你不妨去問一問!」

「啊!真的?謝謝!謝謝!」

他揑造了一個名字去應徵。

營造廠老板劈面第一句話就說：

「你叫做蔡旺？我們這裏工作很苦，時常要到山裏去闢路造橋呢？」

到山裏去？這可真是個求之不得的好機會，撿後餘生的楊萬寶馬上答應下來。而且工作得十分勤快，許多雜務他也不辭煩累地一股腦兒全攬了來。這樣全豁出去的拚力工作了一陣子，營造廠上下的人都對他誇讚有加，認爲能請到這樣的工人真是難得，楊萬寶淡然而笑，心裏頭却急燥地盼望那一天能被派到山裏去，好遁避那些「特高」的眼目？

冬天過去了，就是春天，該來的總會來；當營造廠老板告訴他，要去山裏開闢道路時，一下子竟愣傻了。老板還以爲不情願呢，一味地鼓說着：

「是要到關仔嶺枕頭山呢，風景頗美的喲！」

這才回神過來地連聲應道：

「我去！我去！」

老板聽後，轉而笑呵呵，親熱地拍着肩。

幾個比較相熟的工人，知道了他要上山工作的消息，便都跑來勸他：「在那山裏，每到夜晚，便孤單無聊寂寞得會把人蹩死哩！」

楊萬寶笑了笑；口說沒關係，心裏却想；我就是巴不得左鄰右舍的人愈少愈好！

那山上果真是風景優美，清幽渺邃，山巒幾波，峯簇數座，實有道不盡的千奇萬幻景緻，楊萬寶每逢休息，便跑到崖邊，極目遠眺，偶而引吭高喊，喊得山谷中廻聲不斷，這時心底的憂煩似乎消減了不少。

入夜之後，山居除了純然的靜還是純然的靜。工人們辛苦了一整天，大都倒頭就睡。楊萬寶一來是無法這麼早就盡情沉睡，二來領的工資全然沒有儲蓄的必要，便踱到山村的小雜貨店，買瓶清酒，和山村的一些居民閒聊，話仙講古地扯到夜深，才拖着醉意的身子回去工寮。

他這樣的豪氣式的作風，馬上就博取了不少居民的好感。漸漸的，山村每一位家他都能穿堂入室地長驅直入而無阻。但是執着地決不做出逾規之事。就連講幾句比較佻皮的話都不敢。閒空下來還幫着挑水劈柴，儼然是一位憨厚懇摯的好青年，甚至還有人想幫他提媒作親哩！

所以一年多來平安無事的過去了。有次，山村裏做拜拜，他應邀去喝酒，喝到酒過三巡，眼酣耳熱之際，主人突給他介紹了一位名叫李阿申的人，提到這人的工作時，他卻以一種十分曖昧的語氣說：

「阿申兄哦？嘿嘿！伊是在做火炭的生意的，嘿嘿！」

久經患難的楊萬寶，當然體會出這曖昧的「嘿嘿！嘿嘿！」裏頭包含的意思。做火炭生意的？這山村居民除了墾殖外。偶而也會偷伐一些相思木，燒成火炭，賺些錢貼補家用，那麼，這姓李的火炭生意，莫不是大規模的偷伐林木？……

基於某種同是被警方所緝捕的罪犯心理，楊萬寶放懷痛飲。那晚，兩個人喝得四脚朝天，投機得很遂成了莫逆之交，以後李阿申每次下山，賣完火炭，便帶了兩瓶好酒過來共謀一醉。

醉言醉語之下，兩個人更是無所不談，推心置腹。漸漸地，李阿申不但把從事盜伐薪柴之事一五一十的告訴了楊萬寶，並慫恿他辭了這墾山開路的辛苦工作，至少去盜伐薪柴是沒人管轄，也沒時間性的，想做就做，不想做就休息。如果說工作苦，開山造路也差不到那裏去！

楊萬寶正愁一個人無法着手去做，現在一聽到這話，當然馬上一拍卽合。暗暗向工頭告辭，便偕李阿申入山了。

欣喜異常地倆人找到了小石門的一個山頂，築起了燒窰。李阿申一來有了這麼個壯健的伙伴，工作旣賣力，又能做伴，喝酒什麼的，再也不一個人孤單單，形影隻孤，心情好了不少。楊萬寶則有如猛虎出押，興奮得不得了！

兩個人這一全力合作，小石門一帶的龍眼樹就被砍伐掉不少。滿山綠油油的樹林，突然禿了一大塊，自然是瞞不過林業巡視員的眼睛。可是那地方人跡罕到，又懸崖絕壁，驚險異常。他單獨一個更是不敢冒然入山去查訪，萬一被盜林賊夥圍攻，恐怕十條命也不夠斷送，只好出賞格偷偷着人進山去打聽，裝做要買火炭的生意人。

果然重賞之下有勇夫，沒多久，就有消息來了，盜林人的姓名，以及住的地方都查得一清二楚。這一來，那敢怠慢，馬上呈報上級，山時主任據報立刻糾集人手，分做二隊，向小石門巢窟進行包圍。

可笑楊萬寶和李阿申兩個人還正在高興生意愈來愈好哩！

搜索隊破曉即結隊出發，一路上盡是些羊腸小道，雜枝橫陳，加上一陣陣寒冽山風，略有雨意，每個隊員都冷得直打哆嗦，直待緊上脚步，却又脚底滿佈落葉，沾滿朝露，潮濘得不得了；稍爲疏忽，可能就滑溜溜滾下絕壁，好不容易才到達小石門，每個人業已汗濕夾背，驚怖交集。

那小石門形勢險惡至極，山時主任把隊員分成兩隊，前後夾攻，以防再被逃脫。然後躡着手脚，靠近草屋。聽到裏面有稻草翻攪的沙沙聲：心想這一定是蔡旺在裏頭睡得死沉吧！大喜望外，暗傳命令，自己帶頭率領十幾名隊員，猛力推開門，不料迎面竟是熊熊烈火，火氣中硫磺味道特濃，暗叫一聲不好，火已蔓延開來，不一會兒，整個草屋都已燃着，只好大喝：「退出！」

風助火勢，不但草屋燒着了，連帶也波及屋外的樹林，這火燒山林，誠非可小同，搞不好可能連人都要燒死在其中，搜索隊員已有人搶過去撲救！

就在大家手忙脚亂之際，窺伺在後的另外一隊的隊員突發現有條黑影，迅快地從火中閃現而過。直往山下飛奔。這一來也顧不得火勢是否蔓延，急忙尾隨着追了下去，並大聲喝道：

「蔡旺往何處逃？」

直追到山層崎的斜坡，攔住了楊萬寶的去路，略頓了頓，尾隨的隊員便層層湧簇而來。好個楊萬寶，吃了熊心豹子胆，將蕃刀揮舞起來，有如游龍戲水，端的躍活不已。

隊員們明知他這把刀架勢不凡，可又不能就此罷手，只好硬着頭皮猛上！見此情形，楊萬寶大喝一聲：

「你們難道不怕死嗎？好！殺！」

喝聲剛過，蕃刀青閃閃白光一亮，小隊長郭拱照的頭殼馬上濺迸出血來，人愰了愰，就昏迷在地。再也爬不起來。

衆人們一見大驚，加速進攻，無奈在這狹窄山路上，人多反而礙事，倒是楊萬寶一支蕃刀更加靈活，刷一下又將另一小隊長彭阿林刺傷胸膛。衆人們心寒胆却，無形中竟退出一條血路，楊萬寶艮機趁前，那肯放過，略虛愰幾招，便奪路而逃，愴愴惶惶……

驚弓之鳥般地只顧猛搧着翅膀？飛呵！飛呵！逃逃逃！

8

許丙丁從資料中早就得知蔡旺就是楊萬寶的化名，可是現在聽他自己娓娓道來，仍不免心驚肉跳。

「你，你，殺人時看到那血從胸部從頭髗噴出來，難道不會覺得心寒手軟嗎？」

楊萬寶深深看了對方一眼，才悠悠地說：

「那你呢？你們做刑事的人，難道打人也會手軟？那一次不是犯人落到手中，就被折磨個半死？」

許部長連忙辯白地說：

「那是日本人才會，我們同樣是臺灣人，怎麼會？你看我打過你沒有？」

「呸！誰說日本狗仔才會？三隻脚仔打人才厲害呢？這叫做狐假虎威，知道嗎？你本人是沒打過我，是事實，但是我怎麼知道你就沒打過別人？……」

一再的咄咄逼人，簡直就不把我放在眼裏嘛！你這是存心討打囉！儘管心底火已熊熊冒燃，臉上却一點也不變顏色。繼續道：

「那你想我是應該也會打人的啦……」

「當然，難道你還想洗清……」

「幹你娘，洗……洗你的囊笆！」楊萬寶話還沒說完，就被許部長兜胸一拳，蹬蹬蹬退了三步。

「你，真的打我？」楊萬寶也變了臉。

一向斯文的許部長，至此完全變了個人，冷笑道：

「你不是認爲我也會打人的嘛？那你挨了打，又何必驚訝！是不是？告訴你，不要以爲我對你客客氣氣，你就可以爬到我頭殼上灑尿，各人有各人的立場，你妨礙到我的時候，我當然採取行動，要不然我們倆個前日無仇，今日無寃，我何必打你呢？

我本來尊重你是一條好漢，事情敢作敢當！男子漢氣魄！所以請你喫煙，說話也細聲細句，你把我認作什麼？三脚仔的？我三脚仔也好，五脚仔也好！反正你今天落在我的手頭，算你倒霉，算你衰！

今天我若不把你電得金金；你還不知道死活呢？我就不相信你楊萬寶真的是銅筋鐵骨。今天……嘿嘿！很久不打人了，手都有點生銹了！」

楊萬寶咬緊牙，狠聲道：

「有本事你就將我打死！反正，早晚我都要死的！」

許部長沒料到楊萬寶還敢揚言，冰冰地說：

「哦？你以為你口供全部認了，我就不敢打你？就不需要打你？痴想，就偏要打你，就偏要把你打得求生不得，求死不能，這叫做『敎示』，敎訓你下世人再來轉世，眼光要看得亮一點，要識時務為豪傑。硬氣有時候，完全是無路用，只會替你惹麻煩而已！死到臨頭，你還敢問我在洗淸，洗淸什麼？洗淸我會打人的傳言，不需要！完全好笑的事情！今天我就當你的面打你，你又能怎麼樣？你能回打我？還是能殺我？

洗淸？哈哈！七月半鴨仔不知死臨頭！

好！你如愛洗淸！我今天不但打你，還要替你洗得淸潔溜溜！

來人啊！」

四、五個獄役急急忙忙衝了進來。

許部長盛氣凌人地輕喝道：

「將這傢伙的衣服給我剝得精光，送到偵訊室！」

楊萬寶拚命掙扎，嘴裏猶大罵着：

「我變鬼也會來找你！你這畜牲！沒人性的東西！」

「人性？」許部長狂笑：「人性值得幾多錢？今天我換作你，不一定更慘哩！哇哈哈！哈哈哈！」

楊萬寶平躺在木枱上，四肢被綁得牢緊。

許部長一進來，就叱責那些獄卒：

「誰叫你們讓他的頭也靠在枱上，要懸空！四肢關節扣住就行！最好讓他全身的肉都繃緊！」

「你要灌？……」獄卒囁嚅地問。

「是啊！快去準備兩大桶肥皂水，我要替伊洗清洗清，不但外面要洗，裏面也要好，對了！順便拿隻棕毛刷來！」

那短短的棕毛起初在堅硬的肌肉上輕輕擦拭得近乎戲謔，然後逐漸加重手力，楊萬寶漸漸覺得有如萬蟻竄身，萬針齊刺，全身不由痙攣起來。許部長看到那痛苦的表情，連連獰笑，手上更加用勁，盡找敏感的部位下手。楊萬寶再也無法忍受地呻吟了。

「怎麼樣啊？你不是個英雄好漢嗎？怎也會哀叫？要不要求饒？」

楊萬寶在簇簇點點的痛苦中升起了一股怒火；聲音很低，却十分用力地道：

「死也不會求饒的，你放心！」

「好！有氣魄！」許部長援着用極曖昧的音調問：「是真的嗎？」嘴裏說着，揮手要差役把肥皂水拿過來，沾滿了毛刷，再往那已被擦破皮的部位拭去。

先是感到一陣水的清涼說不出的舒適，但幾乎同時地肥皂的澀酸浸蝕了進去。楊萬寶輕哼一聲，痛得所有的肌肉都繃起老高，冷汗像雨般佈滿了全身。

許部長不啃聲地突然一拳往下腹部猛擊。這新來的巨大的疼痛使得楊萬寶繃起肌肉的力道散於無形，澀酸疫痛更加蔓延了，細縷的，深邃的，就像附在骨髓裏的，一點一滴的往上噴湧。

「怎麼樣？我這三隻脚仔的手藝還不錯吧？」

「我死……我死也不甘願！」楊萬寶的聲音已經低得不能再低了，但仍逃不過許部長的尖耳。

「好！你還會說話，可見你肚子裏還有些骯髒的東西，太好了！趁此機會，來把你肚子裏的骯髒也一併洗一洗吧！」

一大桶的肥皂水從楊萬寶的嘴裏灌了進去。

9

一隻被驚起的鳥撲嗤撲嗤地拍着雙翼飛向天空！

楊萬寶欣慕地望着遠去的黑影；像鳥多自由啊！

自從在小石門逃出之後，躲躲藏藏，儘往山裏避去，偶而做點散工糊口。偶而聽到人們說石壁頭這個地方有許多工作可做，並且地勢險惡，一般人是絕不會到這兒來的！這可真是切中心意，迫不及待的便來到了這地方！

果然環境幽靜，許多岩石倒懸如壁，端的險惡之致，仰頭一看，好似那岩石就要凌空墜落！樹林茂密繁盛，蔽不見日，樹下的石頭便長滿了碧蘚青苔，脚踩在上面，滑溜異常，楊萬寶小心地走着，內心反而十分平靜！

偶而停步，如果不是遠遠的傳來人聲喧嘩，楊萬寶還以爲自己已成了這樹林中的一棵樹了，這樣的清靜幽邃，算算有多久不曾如此清心了？

走出幾步，才看到原來是有許多人在採籐，那籐高高地從樹上垂掛下來，身手敏捷的採籐人從這棵樹攀跳過那棵樹，鐮刀一揮，籐便軟軟地一條條墜下來！有如飄墜的彩帶，在天空中彎扭出奇異的景觀。

楊萬寶看得呆了！

心想：那滿山俱佈滿了籐蔓，如果憑自己的膂力，一天採個百來條大概不成問題吧？生活自稍可安定，不由得微露欣喜的笑容。便趨前去和那些採籐人寒喧。

反正籐蔓多的是，只要你有能力，誰也不會認爲你是來搶飯碗的，故此，楊萬寶不但不被排擠，而且不久之後，便深受歡迎，因他如同在關仔嶺上作一樣，偶而的也幫別人做些事等等。過了些日子，便結識了菜園詹新敏，有時採籐工作完畢，詹新敏便拿出米酒和些罐頭之類的菜，兩個人小酌一番。談不上什麼大魚大肉，但在這荒山僻地，倒不失爲一種極佳的享受。有天氣候頗冷，兩個人正喝得起勁，突然有清脆的山歌遠遠而來，歌聲優美自然，楊萬寶聽得心曠神怡。

歌聲乍斷。嬌柔的聲音響起：

「新敏兄——」

「哦——是三妹啊，今天罕走，有什麼好消息？」

「那有啊，你們倒是真快樂！」

這三妹長得不錯，雖然穿着客家慣常的黑衣黑褲，仍掩不住她那嬌媚的神態，尤其一雙眼睛，滴溜溜的非常靈活。臉色紅嫩，楊萬寶看得呆了，這深山裏，那有如此嬌艷的一枝花啊！

「來，我給你介紹，這位是草山鍾阿連的媳婦余三妹，她也是採籐的……。」

咦？我怎麼沒見過？余三妹含笑點頭，神態撩人，楊萬寶連忙自我介紹，並滿滿盛了杯酒，雙手擧杯遞了過去：

「我叫做旺仔，初來貴地，人地生疏，還望你多多指敎……。」

余三妹並不馬上接過杯子，略有羞意地：

「這……不太好吧？」

詹新敏插了嘴：

「既是旺兄的盛意，你就喝了吧！」

余三妹這才含羞帶笑地接了過來，一乾而盡，並道了聲「多謝！」

三個人開始你來我往的喝着酒，聊天開講，直到日落西山，余三妹才告辭回去。

詹新敏看着她的背影，重重嘆了口氣：

「也真虧得她勤儉，要不然，鍾阿連一家不知要變成如何了？」

「爲什麼？」楊萬寶本來就覺得這女人眉宇間有股淡淡的哀怨。

「她丈夫三年前死了，遺下兩個女兒，叫做金妹、銀妹，她公公至此把錢抓得死死的，她只好出來割籐賣錢，養活那兩個女孩了。」

「她怎麼不考慮再找男人嫁了？」

「談何容易?!這附近的人那個有錢？大部份都是苦哈哈的。稍有家產基礎的，誰又願意娶個拖油瓶的寡婦？更何況她還有個視錢如命的公公呢？那老頭才眞是難剃頭。」

楊萬寶聽後，感嘆良深，十分同情余三妹的遭遇，他本身自然不會知道點同情之心竟會是一段情孽之種火！

起初也不過是基於婦孺之同情，幫着把採割下來的籐條送到三妹家裡，漸漸地，把自己所採收的籐分了一些，送給三妹。余三妹先是拒絕，後來再看並無惡意，才答應收了下來，這樣一送一收之下，自然好感慢慢滋長，轉變成了情愫！

一天，楊萬寶剛把籐條採收完，覺得非常困乏，加上三妹又沒來，少個聊天的對象，索性就躺在樹下，闔起眼睛，也許是太累的關係，不一會兒便沉沉入睡。

矇矇矓矓中，人却來到了一處從沒到過的地方，入目是碧汪汪一片草海，綠得那樣清新，彷彿就像整塊古玉橫在前面，無端端地沁人心涼，彎下身來，想觸摸那草，希望沁涼能一直透身而入，永留在其中，不料那草株細緻嬌嫩異常，竟忍不下心來折掉它。

呸！我楊萬寶何時變得如此婆婆媽媽，連根小草都不忍折斷？這念頭剛浮起，一隻通體羽毛潔白的鳥，輕俏地飛了出來，斜斜地繞了個圈，再向前飛去。說也奇怪，在鳥飛過的空中，竟嬝嬝地浮現了一道七彩虹霓，不一會兒，那虹霓七彩紛紛墜落，如下雨，如散花，緩緩着地，就在綠草間，旺盛地開放出一片璀燦花叢。

每一朵都是嬌恣怒放，奇葩怪瓣，楊萬寶看了半天，也說不出任何一種花名；只覺得每朵花艷得鮮明，嬌得柔美，看得人眼花撩亂。

就在他凝神注目之際，那花叢中竟冉冉地昇起一個女人，起初是淡淡的，遠遠的一個形影，慢慢地濃聚，輪廓漸次顯明，待看得清楚了些，竟赫然是余三妹！

她身着一襲輕紗，飄盈透然，緩步向着他走來，體態婀娜，說不出的柔媚。不由呆愣在當場，那余三妹走到跟前，一言不發，先是眉眼帶羞，不一會滿臉俱是哀憐之色，楊萬寶心裏一痛！下意識地張開兩臂，將余三妹擁抱入懷。

余三妹把頭深深埋在胸膛上低聲啜泣，那一啜一泣，使人更是有如刀割，拉起那張臉，數行淚痕，一張毫無血色的櫻唇更是顫顫欲言。

楊萬寶忍不住順着淚痕，用嘴唇去吻那淚滴，直至那顫顫小唇，像塊強力磁石，緊緊地吸住了，吸住了楊萬寶乾枯孤索的心呵！

三妹始終不發，只是默默地承受楊萬寶那男性的暴風驟雨的衝擊！

楊萬寶突然聽到嬌聲呼喚：

「旺兄！旺兄！」

這明明是三妹的聲音嘛！怎的離得如許之遠？三妹不是被我緊緊地擁抱在懷嗎？

楊萬寶詫異地抬起頭，正待尋覓那聲音的來源，驀地，懷中一空，三妹不見了?!

整個人一驚，突然褲襠裏傳來一陣冰涼。人就驚醒了過來，三妹却衣服穿得整整齊齊地站在面前。

又愧又驚地問：

「你，你，你不是跟我?……」

三妹睜着大眼；奇怪的說：

「我怎麼了？不是好好的站在這兒？怎會跟你？」

原來是夢！夢裏的滋味却是如此美妙，楊萬寶闔上眼，試着再嚐試一下夢中的甜蜜。

「旺兒，你怎麼了？話只說了一半又不說了。」

不好意思地笑說：

「沒什麼？我在做白日夢吧？」

三妹蹙着眉，低聲道：

「你還有心神睡覺呢？人家煩都煩死了！」

「你又怎麼了？對了，你今天怎麼沒來？」

「我就是要告訴這件事。」頓了頓，再繼續說：「我考慮了一晚，早上才決定告訴我家翁，決定要跟你結婚，」楊萬寶差點要跳了起來，不料，三妹吱吱唔唔地：「可是！可是！……」

「可是什麼？！你快說啊！」

雙手搖起三妹的胳臂來。

「可是要委屈你旺兒了！」

「委屈我什麼？」

「我家翁的意思是要你招贅呢？」聲音低得快聽不見，但在楊萬寶的腦際却有如一聲響雷！

晴天霹靂！

「招贅！」這是一個怎樣的名詞?!楊萬寶深深了解它的意義——我曾經有過一個龐大的家財。現在還有一副昂揚的體魄，爲什麼要走上這一條路呢?難道我真的已到了末路?對地下的列祖列宗又要怎樣交待?啊啊啊——

三妹看他臉色深沉，默然不語。掩住臉啜泣地：「你一定不喜歡跟我在一起！」

「不！三妹！我一直希望能跟你在一起！」

三妹，你不會了解的。我是一個逃犯哩！不知道什麼時候就會被捕，或許在下一個時辰，我已經身繫囹圄，我怎能要你再跟我吃苦，可是我又怎樣來告訴你我的苦衷?拜託你，三妹！不要再哭了！讓我好好地想一想，真正地用心想一想吧！

余三妹啜泣了一會兒，突地站起身來：

「我要走了！」

「走?你要上那兒?」

淚珠在臉上閃着光，余三妹滿是悽愴，却是異常決心地說：「我知道配不上你，又是拖大拖小的，甭怪你不會答應，我不怪你，這只能怪我自己的命苦，好了?你就當沒聽過這話就算了！

「三妹！三妹！」

楊萬寶低聲喚道。內心糾纏虬結，該如何是好?

余三妹走了兩步，又回過頭來：

「謝謝你！旺兄！我會繼續拖磨下去的！直到我死為止！」

死?!

余三妹回頭那一刹，神態像極了夢中的伊，哀怨淒楚！楊萬寶咬緊了嘴唇，等余三妹再舉起腳步時。痛苦地，用力地，重重地說：

「好吧！我答應你！」

10

「兇手是蔡旺！」

鍾桂妹一把鼻涕一把眼淚地哀泣着。

剛剛睡醒的大埔派出所主管黃石圳聽說發生了命案，惺忪的眼睛馬上睜得老大，睡意也跑得一乾二淨！

「你，你再說清楚點！」

「我叫鍾桂妹，家住在番路庄草山八號，我爸爸鍾阿連，被北港蔡旺一刀殺死了！」

「你怎麼知道是蔡旺殺死你父親的?」

「是我親眼看見的！」說完，鍾桂妹忍不住又痛哭了一陣，才慢慢地回述：

「今天我一大早就出床準備過年要拜拜的東西，突然聽到我阿爸一聲慘叫；聲音淒厲恐怖，我不敢一下就進入房間，從門縫偷偷一看，蔡旺手拿一把尖刀，刀尖還滴着血，滿面殺氣騰騰，就像凶神惡煞一般。我嚇壞了，恨我娘不給我多生兩隻脚，半跑半爬的跑到溫家，那蔡旺還持刀在後跟着追殺上來。天啊！我命苦呵！我可憐的阿爸！」

等鍾桂妹乾嚎過一陣子後，黃主管皺着眉頭問：

「蔡旺爲什麼要殺你老爸？」

「因爲，因爲我爸昨暝喝了一點酒，和蔡旺一言不合，就吵了起來，我爸拿着木杖要驅趕他走，他也沒說什麼重話，就退回房裏，那會知道他竟然這樣辣手，狼毒呵！」

「哦？蔡旺住在你家？他又爲什麼和你爸吵架？」

「蔡旺是我寡嫂的贅夫……」

這話說來就長了！自從我大哥過身以後，家裏就讓我阿嫂出去採籐，貼補家用，那會知道竟去交搭着這個流氓！本來我爸是反對阿嫂再結婚的，但是兒子死了，終不能永遠把年青的媳婦束縛着，這會給人說話的，尤其家裡生活並不好過，如果他招贅進來，而肯賣力苦幹的，未嘗不是可以替家裡多份收入來貼補，那會知道這竟然是引狼入室啊！

起先；他是真打拚，夫婦倆人賺的錢，數目也不少，我阿爸怕伊少年仔不會想，亂用錢，就替他們一仙五輪的存積起來，可能蔡旺因此不滿吧？！

沒多久，他就不太努力採籐，收入自然就少，我嫂嫂只好把私房錢拿出來給我爸爸……。我爸爸也不知道這內幕。蔡旺是愈來愈不像話；但是在我爸爸的監視下，他是不敢不去工作的。

終於，有一天，他和嫂嫂倆人在採籐時，被雨淋得全身盡濕，我嫂嫂是個女人，倒也沒什麼，而他，一個勇健的大男人，竟病倒了。一病就病了十多天。我嫂嫂要照顧他，當然也沒去工作，你看，這樣沒收入，怎麼得了？

我爸爸是急得不得了！他一個老人又有什麼辦法？只有氣忿交加，破口罵人了，嫂嫂一看情形不妙，遂丟下蔡旺，其實那時他也好得差不多了。到大埔陳王順家裏去幫傭，賺點微薄的薪水，拿回來家用。

過了二、三天，蔡旺病好了，竟也厚着臉皮到大埔去。他說要去把嫂嫂帶回來。嫂嫂看透了，怎會跟他回來？他也就不回來了。可是在大埔，他又能幹什麼？做點散工？有一頓沒一頓的。冬季一到，他忍受不住又饑又寒，穿着一身單薄寒衣，又回到草山來。

是我好意留他下來，一起再去採籐。煮飯洗衣，一切都是我替他料理，還要避開我阿爸的眼光！我阿爸真討厭他是沒錯！但是這也是爲了他好，希望他能夠改過自新，重新做人！無疑他是一個禽獸！

昨天因爲快過年了，較遠路的採籐工人都回家去，他竟然趁着沒人的時候，將我……將我壓在那稻草上面……若不是我女兒阿詮看到，我……我……」

黃主管倒了杯冷水給她。

並打電話報告了嘉義郡警察課，立刻大批人馬，趕到了現場。

人還未到現場，遠遠就聞到了一股焦臭味！

鍾桂妹臉色乍變，幾乎就要癱倒在地，但母性的力量却使得她更加快了脚步，近乎衝跑地，一看到那間熟悉的，幾年來朝夕相處的草屋已化成一堆爛黑的焦塊時，一種不祥的預感像千刀萬針猛力戳刺着她的心！

絕望地！淒厲地喊出：

「孩子！我的孩子！」人就已昏絕！

好一會兒，才悠悠醒來。預感已成了事實。

刑警和檢察官驗好了屍。鍾桂妹再看到那五堆大大小小的屍骨，心全裂開了！

哭！哭！哭！哭！愈哭愈是悔恨得不得了！那時爲什麼要逃開?!爲什麼怕死?!爲什麼不留下來，跪求蔡旺這兇手?就算自己被殺身死，只要能保存孩子的命！於願已足。可是，可是，連這麼小的孩子都不放過?!他們又懂得什麼?他們又知道什麼?人性的殘酷啊！

老人！小孩！都是些儒弱無力的啊！就算那老人風言風語，冷嘲熱諷，礙了你的耳，洗了你的臉，那你就殺那老人吧！何必還連小孩都不放過，兇手！兇手！你的良心何在?你還算得上是人嗎?爲了一時的氣忿，你就這樣趕盡殺絕?!殺那小孩的時候，你的手不會痠軟?當小孩在哭喊着爸爸媽媽的時候，哦，不！也許你一刀就結果了他們，他們不會喊出一句聲音來，他們永遠再也不會發出聲音來！他們永遠也不會知道，爲什麼平常對待我這麼好的叔叔，竟會用閃亮的一瞬來結束這永恒的生命！

我可憐的孩子！

我可憐的孩子！

不！不！你們不會再是可憐的了，你們不會再受苦了！你們永遠離開了這醜惡的世界！永遠地。你們將不再挨餓，不再受凍，不用再管別人的臉色，不用再等候那短暫的，表面的容許，你們將可以自由翱翔，自由的歌唱，你們將會是一對純潔的小天使，活在歷史的記載裏！

鍾桂妹突然笑了起來！一會兒又哭了！哭，笑、笑、哭，哭了又笑！笑了又哭！

旁觀的人不管是熟識的！陌生的，眼眶全都潤濕了！

兇手！兇手！

血腥的兇手！

兇手又在那裏？

11

兇手逃走了！

警察們大肆活動起來。一隊深入新化郡後崛山路，防止犯人逃往高雄州，一隊到現場草山協助偵查，另方面，關於蔡旺的戶籍資料，也快馬加鞭地催促北港郡即刻送來。

·二月八日·

北港郡的報告來了：

「蔡旺——姓名、住址都是假的！」

警察們聽到這個消息之後，個個束手無策，搖頭嘆息。姓名、住址都是假的，這叫人如何搜查呢？

想了大半天，許丙丁才突然想到：

「對了！爲什麼不叫鍾桂妹來認相片？」

遂要人把所有的通緝犯的相片册，一一交給鍾桂妹，叫她仔細地一張一張辨認。

鍾桂妹認真地看，一家的血海寃仇要報就在這一眼呢？萬一遺漏掉了，豈不是血仇無報？翻得非常非常慢，好幾次旁觀的警察都以爲她已找到了，摒息閉氣地等待她確定，不想她又翻了過去。

終於在近二百張的時候，她停了翻動。整個臉湊上去看，一會兒又把相片舉得高高的，再放下來，揉揉眼睛又看。然後才說：

「就是這一張！」呼了一大口氣，再用肯定的語氣：「就是他，他就是蔡旺！」

大家鬆下一口氣，齊湊上眼去看。赫然竟是；

東港郡新園庄烏龍一二九號

楊萬寶 無職。

警察們揭破了這個謎，心裏反而更加沉重，以楊萬寶的重大罪行，顯見地，這件事的複雜性是更難破解了。

立刻報告臺南刑事課轉達臺灣全省警察機關通緝，同時召集臺南州和各郡頭的警員及壯丁團員一千多人，在草山一帶進行密不透風的搜查。

・二月十五日・

搜查員夜間搜山，在黑暗中出動，脚趾碰傷，脚痛腰酸的人不計其數。

・二月十六日・

警務局派出砂米箕的高山族嚮導，協助警員深入人跡罕到的山穴樹洞徹底搜查了一遍，結局仍是徒然。

・二月十七日・

竹村刑事課長擔心經費耗去龐大，撤去大多數外調人員，只留下一部份的搜查人員，駐在大埔派出所，想用以逸待勞的方式，讓楊萬寶自投羅網。

·二月十八日·

沒有消息。

·二月十九日·

大埔派出所裏裏外外像鍋沸騰的熱水；菜園詹才旺和他的兒子，到所裏來報告，昨夜楊萬寶到他們家裏討了二碗白飯和一碗羌肉湯吃。

以下是經過的詳細情形：

晚餐後，我和新敏、新前兩個孩子在庭前納凉聊談，四周沉靜黑黝，只有薄薄的月光照着。

突然，遠處有個黑影閃動，我感覺非常奇怪，山居夜深，還會有客人來？

「誰？前面是誰？」

那黑影踟躕了一陣，才慢慢走上前來，仍不時瞻顧四周，始終不發一言，待他走到近前，我着實嚇了一大跳，竟然是蔡旺！

看他的神色驚惶，形容憔悴。當然不敢太刺激他，鼓起勇氣問道：

「你——蔡旺，你從那裏來的？」

「才旺兄！我肚子很餓，拜託給一碗飯吃！」

我雖然十分不願意，但看他的神情，就像一隻受驚的禽獸，如果一個不慎，很有可能全家都會被他殺死。

趁他狼吞虎嚥的時候，我試着勸他：

「蔡旺，你這段時間躲到那裏去？男子漢大丈夫，一人做一人當，何況這也是你的過錯，不應該將那麼稚弱的小孩一刀殺死！」

蔡旺睜大了眼，抬起頭來看我，還嚼着白米飯的嘴含糊不清地說：

「我那有殺死小孩？在放火的時候，我還把他們都叫醒呢？怎麼？他們都被燒死了？」

「嗯，被燒成一堆焦炭。」

蔡旺沉默着，把碗放下，表示不吃了！

「你這幾天，躲到那裏去？」

「我……在桑麻湖洞裏。」

「你爲什麼不出來自首呢？害得這麼多人，爲你一人奔波勞累。」

「我……」蔡旺想了想，才說：「我要到大埔去找那無情的余三妹算帳！問伊爲什麼不跟我回家，是不是和別人有了什麼勾搭？」

「你這個時候，還談這些幹什麼，我看你還是去投案吧！是非曲直總是要有一個了斷！」

「哼！」

蔡旺冷冷一笑。

突然站起身來，掉頭就走，並恐嚇我說：

「你如果敢走漏我來的消息，不要怪我不顧朋友人情，反面殺人呵！……」

所以我是拼着全家的生命危險，前來通報的。

·二月十九日·

當天下午，大批人馬非常緊張，帶着手槍武裝，並令詹才旺父子領頭，前來桑麻湖山搜查。

在山區搜查了大半天，不曾發現楊萬寶的踪跡，大伙兒心裏已經有點惱火，加上桑麻湖山絕壁懸崖，攀登時異常困難，氣喘吁吁，混身汗濕，不由地都埋怨起詹才旺來，責怪他不該爲着貪圖功勞，胡矇亂報，害得大夥兒狼狽不堪。

詹才旺被罵得尷尬不已之際，突然詹新敏發現了一個洞窟。隊員們的疲困馬上飛到九重天外，但那洞窟裏只有豬肉白米和一件破衣服，楊萬寶不知又跑到那裏了？

詹才旺的消息是正確的。

・二月二十日・

老羞成怒的竹村刑事課長，下令大搜查。

一連三天，調派警察人員二千八百三十多人。保甲民，壯丁團員一萬三千二十多人。開支費用十餘萬元，一時輿論大嘩，日本警察的能力受到了最大的考驗！

・三月三日・

許丙丁、北浦、方出，這一組別衝隊，重新搜尋楊萬寶所盤踞之地，由小石門燒炭窰，一直到山層崎。

忽然，由後面趕來十幾名保甲民說道：

「剛才楊萬寶在山層崎頂上燒飯，被我們發現炊煙，待想趕去包圍，不想又被他跳下崖逃走了！」

一行人趕到那地方，樹林蔭翳，一片幽黑，突然由黑暗中白光一閃，來勢凶猛地往許丙丁頭上便斫。

許丙丁喝聲：不好！急將木棍向上迎架，身子猛往後移，不防脚底落空，整個人墜落丈餘斷崖，脚膝脫臼，寸步難行。

楊萬寶一擊不見收效，覷見衆人又圍上來，虛個架勢！便一溜煙跑了！

·三月四日·

竹村課長非常憤怒！邀高雄州刑事課幾位狼犬專家，携帶嚴格訓練的狼犬四十餘頭，放縱入山層崎山裏搜尋，一連五日，一無所得。

·三月十七日·

上午八點。大埔屠戶王阿福到大埔派出所報告：

「昨暝三更時分，我還沒睡，外面正下着傾盆大雨，忽然聽見屋裏有脚步聲。我在暗中借着正廳的神明座火，看見楊萬寶混身濕淋淋，手拿割籐刀，到厨房竊取菜刀、白米、火柴還有一隻鷄，然後由後門逃走！」

這消息使竹村課長又喜又怒：

怒的是這楊萬寶狡猾如此，明知道大埔是重點所在，竟然還能夠來去自如。

喜的是楊萬寶竟然已落到要去民衆偷米盜火，可見已是糧盡，饑饉難忍了！

馬上召集部屬，商議了一個新的搜捕方式，就是要刑警們化裝成村民，埋伏藏匿在一般民家，並携帶手槍，等待楊萬寶來覓食之時，上前逮捕，生死不論！

・三月三十日・

兩星期來唯一的情報：

「楊萬寶今晨由山層崎越過大高山嶺，被把守的保甲民發現，直追到一處落猿岩。在前有追兵，後無退路之際，楊萬寶竟悠悠跳下這三丈多高的懸崖，不知生死！」

・隔年民國二十七年十月・

竹村課長調職，瀧澤課長援任。

緝捕楊萬寶一事，仍然毫無發展。民間有人說他畏罪自殺，有的說已隨那老師父逃回唐山，有的說他在旗山耕作芭蕉，謠傳紛紛，可就是不曾有人親眼看見過。

人們已漸漸淡忘了。

・二十八年三月十六日・

臺東廳臺東街陳芳突然到臺東廳警務課報案：

「我特來報告一件秘密大事——前幾年前，我在報紙上曾經看過的，殺人放火楊萬寶這個人，是不是仍通緝在案？」

「是啊！你問這個幹嘛？」

「我以前就認識他的，今天恰好又遇見了，所以特來報告。」

「哦?!在那裏碰到的？」

「在臺東街上原陳省家裏。」

值日警員馬上轉報警務課長塙亥之吉。警務課長喜出望外，這真是大功勞一件，立刻召集第三科長小牟田，刑警隊長組長西村耕次，壯丁團員共二百餘人，分爲東西南北四組，把上原山團團圍住，並定在深夜三時發動攻勢。

小牟田組長率員領先包圍了陳省家裏，突見一條黑影從門口急衝而出，待搶上前去，却是一件雨衣。一見事機不妙，卽刻吹起口哨做信號，四組人員圍成漏斗形，只許放楊萬寶逃出，不准讓他遁入馬蘭山。

上原山東方有條小溪，溪畔長茅草叢生，一個人躲在裏面，根本無法發現。警察人員逐一分頭堵截，仍然無法找到，雙方對峙一直到了下午兩點，小牟田才想到一條妙計，故意大聲叫警員們拿火藥來，準備放火燒山！

「準備放火——」衆人隨聲應和。

「準備放火——」

話喊過沒多久，就看見楊萬寶手拿蕃刀，衝出草叢來，向馬蘭山方面急奔而去！

西村組長眼明手快，舉起木劍，擋住去路，楊萬寶揮起那蕃刀，就往西村的頭砍去，西村揮起木劍欲架，不想一碰卽折作兩段，被砍得左臂涔涔血流，人也倒在地上，楊萬寶再揮刀想結果他的性命！西村大驚：「我命休矣！」

幸好小牟田組長適時趕到，從後面一脚踢倒了楊萬寶，正想拿繩子把他細縛起來，不意楊萬寶亦一脚踢昏了他。

這時，所有的人員俱已趕到，亂棍齊下，筋疲力竭的越獄、殺人、強姦、放火、妨害公務的犯罪魔王楊萬寶，被打得死去活來，只好束手就擒了！

・三月十八日・

楊萬寶被捕的消息傳了出來。

一些保正、甲長，甚至壯丁等人的家，都放了長串鞭炮慶賀！新聞紙就着這消息大放謬論，其實百姓們的心裏異常沉重，爲什麼就和廖添丁的結局一模一樣呢？

假如沒有那陳芳去密告，說什麼日本仔警方絕對不會知道楊萬寶就躲在臺東的吧？唉！看來楊萬寶這條命是完了！

・三月二十日・

臺東警務課將楊萬寶押到臺南州刑事課。由警部平田政一，許丙丁開始偵訊、錄供。二個多月後，移送臺南地方法院。

12

死刑確定了！

楊萬寶聽到這個消息，心裏反而非常平靜，在法庭上聆判時，嘴裏一直帶着微笑，毫不驚訝，也無激動！彷彿他在玩一場勝負已定的賭博，而結局早已知道一樣，所以他一直在笑，平靜地笑！

「詭秘的！殺人魔王的微笑！」

「毫不在乎，對自己的過錯不負責任的輕忽的笑！」

「痲木！殘酷！冰冷的獰笑！」

新聞紙類大肆攻擊，凌厲得有如一支支利箭！

有些人却對他的神色自若，安定自然感到欽佩！

儘管外頭的或捧或貶，對一個死刑犯來說，根本就是毫無意義的。他自己知道，爲什麼今天會走到這條路上來，他是看透了，自開始，那老師父的出現，就是陷穽的開頭，這是上天的安排，就算早知道了，也沒有辦法不一步步陷了進去！

我錯了嗎？錯了嗎？錯？錯？……

不！我沒錯！

對着死囚牢裏那黯沉的牆，依然堅決地告訴自己！

松永不該爲了一個老師父，就來逮捕，還一而再，再而三地逼壓。

鄧鳳不該私奔，無情無義！

我已經走頭無路，躲到小石門燒炭度日，又何苦逼我傷了郭拱照、彭阿林？

鐘阿連老頑固，視錢如命，實在也是一時氣憤，否則傷之何用？

余三妹爲錢背義，我不怪她，小孩子誤死火中，唉！

往事一幕幕在將死的楊萬寶心中，慢慢重演，他將頭抱住，猛力搖愰。啊——我是怎樣的一個人？活着爲了什麼？死了又爲着什麼？

他突然站起身來？挺直了軀幹！

幹！我是一個男子漢！該來的就來吧！

民國二十九年二月十六日，在臺北監獄的絞臺上執行了死刑！

楊萬寶死了，人們也漸漸淡忘了，只有一些好事的人還流傳着：春秋假日，那神秘失踪的白髮老師父都會到墓前送上一些香花來哀悼他，才悄悄離去。

明月如燈

•「青囊夜燈」出版後記•

一直有這麼個小小的心願；那天明月能够光亮如燈，照著夜來孤寂的我；在四方格的方框紙上，用尖而滑利的筆觸，細細地刻出一片一片晶瑩透亮的世界，貼心藏著。而後那清涼將會滋流過我的每一肢體，每一關節。像炎夏裏，山澗中的浴游似的，連張口氣，都會有濛濛的霧氣噴出。

可是等到夜深了，夜盡了。我依舊點著桌上那盞孤瘦的枱燈。明月並不曾在窗玻璃抹過一絲光亮，而我在紙上想刻出的一片晶瑩，竟逐漸愈來愈灰濛，愈來愈沉黯。

校過了這第二本小說集的稿，發覺那片月光離我是如許之遠。「青囊夜燈」照射出的竟全是人生的衆多無奈，幾許心酸啊！或許這是生命歷程中必有的現象，但我是如此極力地想掙脫掉。等掙扎得力盡心竭，闔上眼竟又是那一個個人物的鮮明形像，那一幕幕景物的強烈震撼！

而我除去嘆了口氣，再拾起筆來之外，又能怎麼辦呢？但想也許去喝杯酒，可醉它一個天地與蜉蝣同歲。「卡車司機」却在酒液泛漾裏，跟我對酌，醉語朦朧地說了他的「沮沮日記」。不然去旅行吧！「黑美人」早就在目的地的理髮廳裏，大剌剌地坐著等我。換著去找個經商致富的朋友，體會一下有錢的好處，看是否能夠激起唯利是圖的興趣？他竟娓娓地說著早期出來闖蕩時，在工廠碰到的「盜月薪的賊」。我却在他的訴說中，看到了他「追逐」的得意和失落。那不碰人物總可以吧？偏偏在三國演義裏讀到了「青囊夜燈」，在「廖添丁再世」中讀到了「老師父」。就這樣，我掉入陷阱了！

碰痛了頭，這才想到：不能夠怪任何人啊！是自己早就在陷阱邊緣逡巡摸索。這一掉了進去，才發覺原來這井裏頭的世界竟是如許繁複多變，看得眨啊眨的，眼珠兒就眨花了。眼珠兒眨花了的作品，如何能說好到什麼程度？就算是初入井的貪痴吧？每種形式、每種內容都令我心喜，每種都妄想摘上一把。那麼，這一本書，姑且給註上個習作的記號。但至少眼珠兒眨花的那一剎，在我心底閃成了永恆。

月亮到底還是不曾出來，還是不曾在我稿紙上光耀如燈。我是如此渴切盼望啊！明月如燈，將會把我對出版這本小集的感謝心懷，攝映後再折射給那些離去的，現今的，所有的好友。曾經對我說過的鼓勵，現在仍不斷的指點鞭策，或許就是我這初入井的人，在淒迷徬徨中所渴盼的一盞明月如燈吧！

滄海叢刊已刊行書目（四）

書名	作者	類別
清真詞研究	王支洪	中國文學
宋儒風範	董金裕	中國文學
紅樓夢的文學價值	羅盤	中國文學
中國文學鑑賞舉隅	黃慶萱 許家鸞	中國文學
浮士德研究	李辰冬譯	西洋文學
蘇忍尼辛選集	劉安雲譯	西洋文學
文學欣賞的靈魂	劉述先	西洋文學
現代藝術哲學	孫旗	藝術
音樂人生	黃友棣	音樂
音樂與我	趙琴	音樂
爐邊閒話	李抱忱	音樂
琴臺碎語	黃友棣	音樂
音樂隨筆	趙琴	音樂
樂林蓽露	黃友棣	音樂
樂谷鳴泉	黃友棣	音樂
水彩技巧與創作	劉其偉	美術
繪畫隨筆	陳景容	美術
藤竹工	張長傑	美術
都市計劃概論	王紀鯤	建築
建築設計方法	陳政雄	建築
建築基本畫	陳榮美 楊麗黛	建築
中國的建築藝術	張紹載	建築
現代工藝概論	張長傑	雕刻
藤竹工	張長傑	雕刻
戲劇藝術之發展及其原理	趙如琳	戲劇
戲劇編寫法	方寸	戲劇

滄海叢刊已刊行書目（三）

書名	作者	類別
野草詞	章瀚章	文學
現代散文欣賞	鄭明娳	文學
藍天白雲集	梁容若	文學
寫作是藝術	張秀亞	文學
孟武自選文集	薩孟武	文學
歷史圈外	朱桂	文學
小說創作論	羅盤	文學
往日旋律	幼柏	文學
現實的探索	陳銘磻編	文學
金排附	鍾延豪	文學
放鷹	吳錦發	文學
黃巢殺人八百萬	宋澤萊	文學
燈下燈	蕭蕭	文學
陽關千唱	陳煌	文學
種籽	向陽	文學
泥土的香味	彭瑞金	文學
無緣廟	陳艷秋	文學
鄉事	林清玄	文學
余忠雄的春天	鍾鐵民	文學
卡薩爾斯之琴	葉石濤	文學
青囊夜燈	許振江	文學
我永遠年輕	唐文標	文學
分析文學	陳啓佑	文學
思想起	陌上塵	文學
心酸記	李喬	文學
離訣	林蒼鬱	文學
孤獨園	林蒼鬱	文學
韓非子析論	謝雲飛	中國文學
陶淵明評論	李辰冬	中國文學
文學新論	李辰冬	中國文學
離騷九歌九章淺釋	繆天華	中國文學
累廬聲氣集	姜超嶽	中國文學
苕華詞與人間詞話述評	王宗樂	中國文學
杜甫作品繫年	李辰冬	中國文學
元曲六大家	應裕康 王忠林	中國文學
林下生涯	姜超嶽	中國文學
詩經研讀指導	裴普賢	中國文學
莊子及其文學	黃錦鋐	中國文學

滄海叢刊已刊行書目(二)

書名	作者	類別
印度文化十八篇	糜文開	社會
清代科舉	劉兆璸	社會
世界局勢與中國文化	錢穆	社會
國家論	薩孟武譯	社會
紅樓夢與中國舊家庭	薩孟武	社會
財經文存	王作榮	經濟
財經時論	楊道淮	經濟
中國歷代政治得失	錢穆	政治
先秦政治思想史	梁啓超原著 賈馥茗標點	政治
憲法論集	林紀東	法律
憲法論叢	鄭彥棻	法律
黃帝	錢穆	歷史
歷史與人物	吳相湘	歷史
歷史與文化論叢	錢穆	歷史
中國人的故事	夏雨人	歷史
精忠岳飛傳	李安	傳記
弘一大師傳	陳慧劍	傳記
中國歷史精神	錢穆	史學
中國文字學	潘重規	語言
中國聲韻學	潘重規 陳紹棠	語言
文學與音律	謝雲飛	語言
還鄉夢的幻滅	賴景瑚	文學
葫蘆・再見	鄭明娳	文學
大地之歌	大地詩社	文學
青春	葉蟬貞	文學
比較文學的墾拓在臺灣	古添洪 陳慧樺	文學
從比較神話到文學	古添洪 陳慧樺	文學
牧場的情思	張媛媛	文學
萍踪憶語	賴景瑚	文學
讀書與生活	琦君	文學
中西文學關係研究	王潤華	文學
文開隨筆	糜文開	文學
知識之劍	陳鼎環	文學

滄海叢刊已刊行書目（一）

書名	作者	類別
中國學術思想史論叢(一)(二)(三)(四)(五)(六)(七)(八)	錢穆	國學
兩漢經學今古文平議	錢穆	國學
湖上閒思錄	錢穆	哲學
中西兩百位哲學家	鄔昆如 黎建球	哲學
比較哲學與文化(一)	吳森	哲學
比較哲學與文化(二)	吳森	哲學
文化哲學講錄(一)	鄔昆如	哲學
哲學淺論	張康譯	哲學
哲學十大問題	鄔昆如	哲學
老子的哲學	王邦雄	中國哲學
孔學漫談	余家菊	中國哲學
中庸誠的哲學	吳怡	中國哲學
哲學演講錄	吳怡	中國哲學
墨家的哲學方法	鍾友聯	中國哲學
韓非子哲學	王邦雄	中國哲學
墨家哲學	蔡仁厚	中國哲學
希臘哲學趣談	鄔昆如	西洋哲學
中世哲學趣談	鄔昆如	西洋哲學
近代哲學趣談	鄔昆如	西洋哲學
現代哲學趣談	鄔昆如	西洋哲學
佛學研究	周中一	佛學
佛學論著	周中一	佛學
禪話	周中一	佛學
天人之際	李杏邨	佛學
公案禪語	吳怡	佛學
不疑不懼	王洪鈞	教育
文化與教育	錢穆	教育
教育叢談	上官業佑	教育